千羽鶴

川端康成

目次

千羽鶴

千羽鶴

一

菊治走進鎌倉圓覺寺境內，仍猶豫要不要去參加茶會。已經遲到了。

每當栗本千花子在圓覺寺後方的茶室舉行茶會，菊治都會收到邀請函，但自從父親過世後，從未來過。他認為這只是基於對先父的人情義理所發的邀請函，因此都置之不理。

但這次的邀請函附帶了一句話：希望你來看我的女弟子。

菊治看到這句話，想起千花子身上的胎記。

那是菊治約八、九歲時，被父親帶去千花子家，恰巧看到千花子在起居室敞開胸部，用小剪刀在剪胎記上的雜毛。那是一塊覆蓋半邊左乳房至心窩處，手掌大的胎記。這塊黑紫色胎記長了毛，千花子正在剪毛。

「哎呀，你帶兒子一起來啊？」

千花子大驚失色，想要攏上和服的前襟，卻又覺得慌忙遮掩更為尷尬，便稍稍轉過身去，慢條斯理地攏上前襟收進腰帶。

她吃驚的不是看到菊治的父親，而是菊治。女僕去玄關應門時已經通報，她當然知道菊治的父親來了。

父親並沒有進入起居室，而是到隔壁房間坐下。這裡是客廳兼茶道教室。

父親看著壁龕裡的掛軸，漫不經心地說：

「可以給我沏碗茶嗎？」

「好。」

千花子如此回答，但沒立即起身過來。

她腿上鋪著報紙，菊治看到報紙上有像男人鬍鬚的毛。

大白天，老鼠居然在天花板奔竄。簷廊附近桃花綻放。

千花子到茶爐旁坐下後，沏茶時仍有些心不在焉。

之後過了約莫十天，菊治聽見母親像在揭發什麼驚人祕密似地對父親說，千花子胸前有塊胎記所以不結婚。母親以為父親不知道，一副很同情千花子的樣子，覺得她很可憐。

「哦？這樣啊？」父親半吃驚地應和，隨後又說：「可是，被丈夫看到應該無所謂吧？如果是已經知道才結婚的。」

「我也是這樣跟她說。不過身為女人，實在說不出我胸部有一塊這麼大的胎記。」

「又不是年輕女孩了。」

「還是很難啟齒啦。要是男人的話，就算婚後才知道，也許一笑置之就沒事了。」

「所以，她有給妳看那塊胎記嗎？」

「怎麼可能。你別說傻話了。」

「原來只是用說的啊。」

「她今天來練習茶道時，說了很多事情……後來終於說出這件事。」

父親沉默不語。

「就算結婚了，男方會怎麼想呢？」

「可能會反感，也會覺得噁心吧。不過這種祕密一旦成了樂趣，也不見得沒有魅力。因為有自卑之處，說不定反而有好處。況且實際上也不是什麼大毛病。」

「我也是安慰她這不算毛病。可是她說那塊胎記覆蓋在乳房上。」

「嗯。」

「她說最痛苦的是，想到以後有小孩要餵奶。就算丈夫不在乎，可是為了小孩……」

「乳房有胎記就不會出奶水嗎？」

「不是這樣……。她說餵奶的時候讓小孩看到那塊胎記會很痛苦。我倒是沒想到那裡去，不過當事人總是顧慮很多。小孩從出生那天就會開始吸奶，意思是從睜開眼睛那天，就會看到母親的乳房上有一塊醜陋的胎記。來到世上的第一印象，對於母親的第一印象，居然是乳房上的醜陋胎記——這會嚴重糾纏那孩子的一生吧。」

「嗯。可是，這也是不必要的憂慮吧。」

「說的也是，畢竟可以餵牛奶，也可以請奶媽。」

「就算乳房有胎記，只要會出奶水就行了。」

「不過事情沒這麼單純。我聽了都哭了呢。她擔心的也有道理。拿我們家菊治來說好了，我也不想讓他吸有醜陋胎記的奶。」

「說的也是。」

菊治對於父親佯裝不知情感到憤慨，也對於父親無視他也看過千花子的胎記感到憎惡。

然而如今，過了將近二十年，菊治揣想父親當時可能也很為難吧，不禁苦笑。

此外，菊治過了十歲左右，經常想起母親當時說的那番話，非常擔心自己會不會有吸那個胎記奶的同父異母弟弟或妹妹。

他畏懼的不僅是外面有同父異母的弟妹，更畏懼那個小孩本身。他覺得吸那麼大一塊長著毛的黑紫色胎記奶的孩子，想必和惡魔一樣可怕。

所幸，千花子似乎沒生小孩。往壞的方面猜想，或許是父親不讓她生。那個讓母親落淚的胎記與嬰兒的事，說不定也是父親為了勸阻千花子生小孩，而灌輸給她的藉口。總之，無論父親生前或死後，千花子確實都沒生小孩。

菊治和父親一起看到千花子的胎記後不久，千花子便向菊治的母親吐露胎記一事，想必是想先發制人，趕在菊治向母親說之前，自己先坦承吧。

千花子一直沒結婚，難道那塊胎記終究控制了她一生嗎？

但菊治也沒能消除那個胎記的印象，很難說不會和他的命運有關。

當千花子假借茶會名義，要菊治去見一位小姐，那塊胎記又浮現他眼前。他不禁思忖，既然是千花子介紹的，難道會是身上沒長毛，毫無瑕疵，美肌如玉的小姐？

父親偶爾會用手指去捏千花子胸部的胎記吧？說不定還咬過那塊胎記呢。菊治甚至如此幻想。

此刻他走在小鳥啼囀的山寺中，這種幻想也掠過腦海。

然而菊治看到那塊胎記兩三年後，千花子不知為何變得男性化，如今已完全中性。

今天她在茶會上的舉止，想必也是乾脆俐落吧。那個有胎記的乳房可能也乾癟了吧。菊治想到這裡差點笑出來時，兩位小姐從他後面匆忙趕來。

菊治止步讓路，並開口問：

「栗本女士的茶會，是這條路往後走嗎？」

「是的。」兩位小姐同時回答。

明明不用問也知道，況且從她們的和服也看得出兩人走在前往茶會的路上，菊治是為了讓自己下定決心去茶會才問的。

其中一位拿著布包的小姐非常漂亮，那是繪有白色千羽鶴的桃紅縐綢包袱巾。

二

兩位小姐進入茶室前，正在換白布襪時，菊治也來了。

菊治從她們後面窺看室內，八疊榻榻米的房間，幾乎膝碰膝坐滿了人，每個人都穿著華麗和服。

千花子一眼就看到菊治，驚喜地起身走來。

「哎呀，請進請進，真是稀客啊。謝謝你來參加茶會。從那邊進來就好，沒關係。」

千花子指向靠近壁龕的拉門。

裡面的女人一起轉頭看過來，菊治煞時滿臉通紅地問：

「都是女士啊？」

「對啊。剛才也有男士來過，不過已經走了，你是萬綠叢中一點紅。」

「我才不是紅。」

「你有當紅的資格喔，沒問題。」

菊治揮揮手，表示要繞到對面的入口進去。

那位小姐將穿來的白布襪放進千羽鶴包袱巾裡，彬彬有禮站在一旁，讓菊治先過。

菊治進入隔壁房間。裡面有點凌亂擺著點心盒、裝茶具的盒子，還有客人的行李等等，女傭在後面的水屋[1]洗東西。

千花子進來後，在菊治前面屈膝坐下。

「怎麼樣？那位小姐不錯吧？」

「拎千羽鶴包袱巾的人嗎？」

「包袱巾？我才不知道什麼包袱巾。就是剛才站在那裡，很漂亮的小姐呀。稻村家的女兒。」

菊治含混地點頭。

「什麼包袱巾，居然會注意那種奇怪的東西，你這人真是不容小覷啊。因為你們是一起來的，我正驚訝你手腕高明呢。」

「妳在說什麼呀。」

「在來的路上遇到也是很有緣喔。而且你父親也認識稻村先生。」

「這樣啊。」

「稻村家是橫濱的生絲商。我沒跟稻村小姐說今天要介紹你們認識，所

1 水屋，就像茶室的廚房，用以準備和清洗茶具之處。

以你也別拆穿，好好地仔細觀察她。」
千花子的嗓門不小，菊治擔心隔著一扇紙拉門的茶室會聽到，於是緘默不語。千花子忽然湊過臉來，壓低嗓音說：
「可是，有一件很麻煩的事。太田太太來了，帶她女兒一起來。」
千花子觀察菊治的臉色，繼續說：
「今天我沒有邀請她來……可是這種茶會，就算是路過這裡的路人都可以來，剛才還來了兩組美國人呢。實在很抱歉。太田太太聽到消息自己跑來，我也沒辦法。不過她當然不知道你的事。」
「其實我今天本來也……」
菊治想說自己並沒有打算來相親，但說不出口。喉嚨彷彿卡住了。
「尷尬的是太田太太那邊，你大可以一臉泰然自若。」
菊治對千花子這種說法也有些惱火。
栗本千花子與父親的交往不深，為期也相當短暫。父親過世前，千花子像個便利的女人經常出入菊治家，不僅舉行茶會時，甚至只是普通請客，她也會來廚房幫忙。

千花子變得男性化後，母親才嫉妒她，真是令人苦笑的滑稽之事。後來母親也一定發覺父親看過千花子的胎記，但那時風頭已過，千花子彷彿忘得一乾二淨，輕鬆愉快地站在母親後面。

菊治不知不覺也看不起千花子，經常對她使性子了，後來幼時令他窒息的厭惡感也淡化了。

千花子變得男性化，以及成為菊治家的得力助手，也許是她的生存方式。

她靠著菊治家，成功地成為小有名氣的茶道老師。

父親死後，每當菊治想到千花子只和父親有過短暫交往，便扼殺了自己的女人味，甚至會湧現淡淡的同情。

母親對千花子不太有敵意，一方面也是被太田夫人的問題牽制。

茶道好友太田過世後，菊治的父親受託處理太田的茶道用具，因此與太田遺孀熟了起來。

最先把這件事告訴母親的是千花子。

千花子當然是幫母親，甚至幫得有點過頭。無論父親去哪裡，她都尾隨在後，還曾幾度上門找太田夫人理論，對人家提出嚴厲警告，彷彿嫉妒之火從她體內噴出來。

母親的個性內向，不喜家醜外揚，被千花子這種以好管閒事維生般的作風嚇到，也覺得有失體面。

千花子甚至當著菊治的面，也會向母親臭罵太田夫人。母親覺得這樣不妥，她卻說讓菊治聽聽也好。

「上次我去太田家時，也狠狠訓了她一頓，他們家的小孩也有在偷聽喔。因為我無意間聽到隔壁房間傳來啜泣聲。」

「是女孩嗎？」母親皺起眉頭。

「對啊，聽說十二歲了。太田太太真的有點遲鈍。我以為她起身要去罵小孩，結果她居然把小孩抱來坐在大腿上，就坐在我前面，和小孩一起哭給我看呢！」

「小孩也太可憐了。」

「所以說，小孩也可以用來當拷問的刑具。因為小孩完全知道母親的事。不過那小女孩臉圓圓的很可愛。」

千花子看向菊治繼續說：

「要是我們家菊治，也能對他父親說些什麼就好了。」

「請妳不要過於散播毒素。」母親終於出言告誡。

「太太妳就是把毒都往肚子裡吞，這樣不行啦。要狠下心來，把毒都吐出來才好。妳變得這樣瘦巴巴的，對方卻胖得光澤亮麗。可能她有點遲鈍，以為可憐兮兮地哭一哭就沒事了……。她可是還把亡夫的照片，煞有其事地擺在接待妳先生的客廳裡喔。妳先生居然能默不吭聲也很厲害。」

被千花子說得如此不堪的太田夫人，如今在菊治父親死後，帶著女兒來參加千花子的茶會。

菊治不禁打了個冷顫。

儘管如千花子所言，太田夫人今天是不請自來，但菊治萬萬沒想到，父親過世後，千花子和太田夫人居然有來往。說不定還讓她女兒向千花子學茶道。

「如果你不喜歡，我請太田太太先回去吧？」千花子看著菊治的眼睛。

「我無所謂。要是她想回去的話就請便。」

「如果她是這麼機靈的人，你父母也不用吃那麼多苦。」

「可是她女兒也一起來了吧？」

菊治沒見過太田小姐。

菊治覺得和太田夫人同席，被那位千羽鶴包袱巾小姐看到不好。此外，他更不想在這裡和太田小姐初見面。

但千花子在耳畔叨絮不休，菊治覺得很煩便說：

「反正她們都知道我來了。想逃也逃不掉吧。」

菊治說完起身，從靠近壁龕那邊走進茶室，坐在入口處的上座。

千花子隨後追來，鄭重其事將菊治介紹給大家。

「這位是三谷先生，三谷老師的兒子。」

菊治隨即再度行禮致意，抬頭後，發現能清楚地看見小姐們。

菊治有些怯場，色彩繽紛的和服令他眼花撩亂，起初無法一個個分辨。

等到可以看清楚後，菊治發現自己和太田夫人面對面。

「天啊！」

太田夫人驚呼。在座的人都聽到了，她的聲調極其率真且充滿懷念之情。夫人繼續說：

「好久不見，真的是久違了。」

然後夫人輕拉身旁女兒的袖子，彷彿在催她趕緊打招呼。女兒一臉困惑，紅著臉低頭行禮。

菊治深感意外。太田夫人的態度，絲毫不見敵意與惡意，只是充滿了懷念。在這裡巧遇菊治，她似乎開心得不得了，連自己在滿座的茶室裡處於什麼立場都忘了。

女兒一直低著頭。

夫人發現後，自己的臉頰也染上紅暈。她似乎想靠近菊治，以千言萬語的眼神看著菊治說：

「你果然也從事茶道了？」

「不，我完全沒有……」

「這樣啊。可是你茶道世家出身的。」

夫人似乎感慨萬千，眼眶泛淚。

自從父親的告別式以來，菊治從未見過太田夫人。

她和四年前一樣，幾乎沒變。

白皙細長的頸項，以及與頸項不搭的渾圓肩膀，都和四年前一樣，體態也比實際年齡來得年輕。鼻子和嘴巴，與眼睛相比都小了些。小小的鼻子，細看形狀姣好，帶有笑意。說話時，下唇微微突出。

女兒也遺傳了母親細修的頸項與渾圓的肩膀，但嘴巴比母親大，緊緊地閉著。母親的嘴唇比女兒小，顯得有點滑稽。

女兒的黑眼珠比母親更黑，帶著幾分悲愁。

千花子看了看爐裡的炭火說：

「稻村小姐，要不要來沏碗茶給三谷先生喝？妳還沒沏茶吧？」

「好的。」

千羽鶴包袱巾小姐起身走來。

菊治知道這位小姐一直坐在太田夫人旁邊。

但他看了太田夫人和太田小姐之後，一直避免看向稻村小姐。

千花子讓稻村小姐來沏茶，也是為了讓菊治看吧。

稻村小姐在鐵釜[2]前回頭看向千花子。

「茶碗呢？」

「這個嘛，用那個織部[3]茶碗吧。」千花子說：「這是三谷先生的父親愛用的茶碗，而且是他送給我的。」

千花子將茶碗擺在稻村小姐面前，菊治對這個茶碗也有印象。這確實是父親用過的茶碗，但卻是太田夫人送給他的。

太田夫人看到亡夫遺留的心愛茶碗，從菊治父親傳到千花子手上，然後出現在這個茶會上，不知作何感想。

菊治深感驚訝，千花子竟如此遲鈍。

但說到遲鈍，太田夫人的遲鈍也不惶多讓。

在這些中年婦女過往的混亂中，菊治覺得清純沏茶的小姐格外美麗。

三

千羽鶴包袱巾小姐，可能不知道千花子蓄意讓菊治打量她。

她從容地依茶道禮法沏茶，並親自端到菊治面前。

菊治喝茶後，稍微端詳了一下茶碗。這個黑織部[4]茶碗，正面白釉之處，果然繪有黑色幼蕨。

「你有印象吧？」千花子在對面問。

「或許。」菊治答得含糊其辭，放下茶碗。

「這個蕨菜的嫩芽，很有山村野趣。這是早春用的茶碗，你父親生前也

2 鐵釜，煮水用的有蓋鐵製器具。

3 織部，繼千利休之後，在君臨安土桃山時代茶道界的後繼者古田織部正重然的指導下，由美濃窯製作的茶陶。

4 黑織部，為織部茶陶的一種，大膽的歪曲變形，使用黑白對比和奇特圖案製成。

常用。現在拿出來用，在時節上有點遲了，不過給你沏茶喝倒是很適合。」

「但我父親也只是短暫持有，對這個茶碗來說根本不算什麼。這可是從利休的桃山時代傳下來的茶碗吧。幾百年來，歷經許多茶人珍愛地流傳下來，我父親根本算不了什麼。」

菊治如此說著，想忘記這個茶碗的因緣。

這個茶碗從太田先生傳給太田遺孀，太田遺孀再傳給菊治的父親，父親再傳給千花子，而如今太田先生和菊治的父親都死了，只剩兩個女人在這裡。光這一段就堪稱命運詭異的茶碗了。

現在這個古老茶碗，在這裡又被太田遺孀、太田小姐、千花子、稻村小姐還有其他小姐，抵在唇邊或以手觸摸。

「我也要用這個茶碗，喝碗茶。剛才是用別的茶碗喝。」

太田夫人冷不防地說。

菊治又吃了一驚，搞不懂太田夫人是過於憨直？還是不知羞恥？

他覺得一直低頭不語的太田小姐很可憐，不忍卒睹。

為了太田夫人，稻村小姐又開始沏茶。在場的人都看著她，但她可能不知道這個黑織部茶碗的因緣，只是專心以學到的禮法沏茶。

她沏茶的手法樸實，沒有特殊癖好；姿勢端正，從胸部到膝蓋流露出高雅氣質。

新綠的葉影映在她身後的拉門上，華麗振袖和服的肩上與袖子反射出柔和光芒，連秀髮也閃閃發亮。

這個房間以茶室而言過於明亮，但這也使她的年輕氣息更為璀璨，連那帶有少女氣息的朱紅袱紗[5]都沒有甜美感，而是顯得水嫩嬌豔。她手中彷彿綻出了紅花。

恍如有千百隻小白鶴在她四周飛舞。

5 袱紗，擦拭茶具用的棉布。

太田遺孀將黑織部茶碗捧在手心說：

「這黑碗綠茶，宛如春綠初萌啊。」

再怎麼樣也不敢說出茶碗是她先生生前所有的。

接著就是形式上的欣賞茶具。小姐們對茶具不熟，只是聽著千花子說明。

水指[6]和水杓也都是以前菊治的父親所有，但千花子和菊治都沒說出來。

菊治目送小姐們起身離去後，剛坐下來，太田夫人就走過來。

「剛才實在很抱歉，我想你大概生氣了吧。但我一看到你就湧現懷念之情。」

「嗯。」

「你真是一表人才啊。」夫人眼中泛起淚光。

「對了，你母親也……我本來想去參加葬禮，但終究沒去。」

菊治一臉不悅。

「你母親也隨你父親去了……你一定很難過吧。」

「嗯。」

「你還不走嗎？」

「嗯，我還要再待一會兒。」

「我想找個時間和你好好聊一聊。」

此時隔壁房間傳來千花子的呼喚：

「菊治。」

太田夫人這才依依不捨起身。女兒在庭院等她。

女兒和母親一起向菊治行禮告辭。女兒的眼神似乎在傾訴著什麼。

剛才千花子在隔壁房間，和兩三名弟子與女傭在收拾善後。

6 水指，裝冷水的壺罐，用以補充鐵釜消耗的熱水。

「太田太太跟你說了什麼嗎？」

「沒有……沒說什麼。」

「你要小心那個人。她總是裝得溫文爾雅，一副很無辜的樣子，其實心裡不曉得打什麼歪主意。」

「可是她常來參加妳的茶會吧？什麼時候開始的？」

菊治帶著幾分挖苦的口吻說，隨即像逃離毒氣似地走出門外。

千花子跟了上來，

「怎麼樣？那位小姐不錯吧？」

「是不錯。可是，如果能在沒有妳和太田夫人，以及沒有我父親亡靈打轉的地方見面，那就更好了。」

「你居然在意這種事？太田太太和那位小姐，根本沒有任何關係喔。」

「我只是覺得對那位小姐不好意思。」

「有什麼不好意思？要是太田太太來了讓你不高興，我向你道歉，但我今天沒有邀請她來喔。稻村小姐的事，你要分開想。」

「可是，今天我想就此告辭了。」

菊治停下腳步。剛才他們邊走邊說，因為千花子緊跟在旁。

菊治一人獨處後，看到前方山麓的杜鵑已含苞待放，深深吸了一口氣。

他對於自己被千花子的信誘來，感到自我厭惡，但對千羽鶴包袱巾小姐的印象鮮明。

看到父親的兩個女人同席，能夠不那麼鬱悶，或許也是多虧了那位小姐。

但想到那兩個女人現在還活著談論父親的事，而母親卻已死了，菊治不禁有些憤慨，腦海裡又浮現千花子胸部那塊醜陋的胎記。

晚風從新綠嫩葉間吹來，菊治卻脫掉帽子，緩步行走。

走著走著，菊治遠遠看到，太田夫人站在圓覺寺的山門旁。

菊治霎時想避道而行，環顧四周，若走左右小山的山路，就可以不用經過山門。

但菊治依然朝山門走去。繃著一張臉。

太田夫人看到他，反而走了過去。雙頰飛紅。

「我想再見你一面，所以在這裡等你。你可能覺得我是厚臉皮的女人，但我實在不願就此分手……。而且分手後，不曉得何時才能再見到你。」

「妳女兒呢？」

「文子先回家了。跟她朋友一起走。」

「那妳女兒知道妳在等我嗎？」菊治問。

「知道。」夫人回答，看著菊治的臉。

「這樣妳女兒一定很不高興吧。剛才在茶席上，她好像不想看到我，我感到很抱歉。」

菊治這句話聽似露骨，其實也很委婉。夫人卻率直地說：

「她看到你，一定很難受吧。」

「因為我父親讓她受了很多委屈吧。」

菊治言下之意是，就像自己也因太田夫人受盡委屈。

「沒有喔，你父親非常疼愛文子。這些事，以後有機會我再慢慢告訴你。其實剛開始的時候，即使你父親對文子很好，文子一點也不親近他。可是到了戰爭末期，空襲越來越嚴重，她好像感受到什麼，整個態度忽然變了，對待你父親也盡心盡力。說是盡心盡力，畢竟她是女孩子，能做的也只是去買雞肉魚肉回來孝敬你父親。儘管外出危險，她還是很拚命，甚至冒著空襲去遠處搬米回來……。她突然對你父親這麼好，你父親也很驚訝。我看到女兒的轉變，不知為何既心酸又憐惘，也難過得像自己受到責備。」

菊治聽了這番話才恍然大悟，母親和自己可能受過太田小姐的恩惠。那時父親有時會帶意外的東西回來，可能就是太田小姐奔走買來的。

「我不曉得我女兒為什麼會突然轉變，或許她覺得每天都有可能死在戰火裡。一定也是可憐我吧，所以才拚命對你父親盡心盡力。」

太田小姐想必清楚地看到，在那個戰敗期間裡，母親死命地抓著與菊治父親的愛情不放。由於現實環境日趨慘烈，她也擺脫了亡父的種種過去，開始正視母親的現實。

「剛才，你有注意到文子戴的戒指吧？」

「沒有。」

「那是你父親送她的戒指。有一天你父親來我家，聽到空襲警報急著趕回去，文子堅持要送他，怎麼勸也勸不聽，說擔心他一個人回家，萬一在路上發生什麼事。可是送你父親回去以後，文子也得一個人回來，我就跟你父親說，可以的話讓她在府上住一晚。我很擔心他們兩人會不會死在路上。到了隔天早上文子回來後，我問她，這才知道她只送到你家大門就折返了，回程半路上在某個防空壕過了一晚。之後你父親再來時對文子說：『小文，上次謝謝妳。』就把那只戒指送給她。她可能怕被你看到不好意思吧。」

菊治聽著聽著，不禁厭煩了起來。夫人認為菊治當然會寄予同情，這才是奇怪。

但菊治倒也不至於斷然對夫人萌生憎恨或警戒之念。夫人具有一種溫馨，令人疏忽大意的本事。

女兒會那麼盡心伺候，或許也是不忍看母親那個樣子。

菊治覺得夫人在說女兒的事，其實是在訴說自己的愛情。

夫人宛如有千言萬語想要傾訴，但傾訴的對象，極端地說，似乎分不清是菊治或菊治的父親。她對菊治說話，恍如像帶著滿腔思念在對菊治的父親說話。

菊治和母親一樣，對太田夫人都抱有敵意。儘管這份敵意尚未消除，但已沒那麼劍拔弩張。一個不留神，甚至會覺得這個女人愛的父親就是自己，陷入和她早就很親密的錯覺裡。

菊治知道，父親很快就和千花子分手了，但和這個女人的關係卻持續到死。菊治認為千花子一定看不起太田夫人，而他自己也萌生了殘忍之心，感受到一種輕易就能打擊夫人的誘惑。

「妳常來參加栗本的茶會啊？她以前不是常欺負妳？」菊治說。

「是啊，因為你父親過世後，她寫信給我，說很想念你父親，覺得很寂寞。」夫人垂著頭說。

「妳女兒也都一起來嗎？」

「文子是勉強陪我來的。」

兩人走過鐵道，經過北鎌倉車站，朝著圓覺寺對面的山走去。

四

太田夫人至少四十五歲左右，比菊治年長約二十歲，卻能讓菊治忘記她的年紀。菊治彷彿抱著比自己年輕的女人。

菊治無疑享受到夫人經驗豐富所帶來的歡愉，絲毫沒有經驗淺薄單身者的畏縮膽怯。

菊治宛如首度認識了女人，也懂得了男人，更驚訝於自己的男性覺醒。他以前並不知道，原來女人是如此柔軟的被動者；既會跟隨也會誘導的被動者；溫馨芳香到令人窒息的被動者。

單身的菊治，事後大多覺得噁心，但最該感到噁心的此刻，卻只有一種甜蜜的安詳感。

這種時候，菊治通常會想冷淡地走人，但此時卻陶醉在溫柔的依偎裡，這也是第一次。他不知道女人的性慾波濤竟如此餘韻無窮。他在這波濤裡休息，宛如征服者一邊打盹，一邊任由奴隸洗腳，有種愜意的滿足。

此外這也有母親的感覺。菊治縮著脖子說：

「妳知不知道栗本的這裡，有一塊胎記？」

雖然菊治也察覺，自己無意間說出了不得體的話，但因腦袋恍惚，並不認為對不起千花子，甚至還伸手比劃說：

「覆蓋在乳房這裡，像這樣一大片……」

菊治內心有種思緒抬頭，迫使他說出這種話。那是想反抗自己，又想傷害對方，蠢蠢欲動的奇妙思緒。可能也是企圖掩飾想看夫人乳房的靦腆心理。

「討厭啦，好可怕喔。」

夫人輕輕拉攏衣襟，霎時似乎反應不過來地說：

「這種事我還是第一次聽說，可是在和服底下看不到吧？」

「不見得看不到喔。」

「哦？怎麼說？」

「在這裡的話就看得到吧。」

「哎呀，你這個人真討厭。你是以為我也有胎記，所以在找嗎？」

「不是這樣。我只是在想，如果妳也有胎記，像現在這種時候，會是什麼感覺？」

「在這裡嗎？」

夫人看看自己的胸部，淡定地說：

「你為什麼要說這種事？這種事不重要吧。」

菊治噴發的毒，向來對夫人無效。反倒菊治中毒似地說：

「當然很重要。我只不過八、九歲的時候看過那胎記一次，到現在都還會浮現在我眼前。」

「為什麼會這樣？」

「其實妳也受到那塊胎記的牽累喔。栗本曾經擺出一副代替我母親或我的樣子，去妳家興師問罪吧？」

夫人點點頭，身子稍稍往後挪。菊治把她拉回來，接著說：

「我猜那時她也不斷意識到自己胸前那塊胎記，才會那樣壞心眼地為難妳。」

「哎喲，你說得好可怕。」

「說不定多少也想報復我父親吧。」

「報復什麼？」

「她有種扭曲的心態，那塊胎記使她始終自卑，認為是那塊胎記害她被拋棄。」

「不要再說胎記的事了。只會讓人毛骨悚然。」

夫人顯然無意去想像那塊胎記，接著又說：

「現在栗本女士，應該不再拘泥於那塊胎記了。已經是過去的煩惱了。」

「煩惱一旦過去，就會了無痕跡嗎？」

「有時過去了反而令人懷念。」

夫人說得恍如夢中囈語。

菊治把原本不願說的話也說出來了。

「剛才的茶會上，有位小姐坐在妳旁邊吧。」

「嗯，雪子小姐。稻村家的女兒。」
「栗本是為了讓我見那位小姐，才叫我來的。」
「啊？」
夫人睜大眼睛，目不轉睛看著菊治。
「是相親嗎？我一點都沒察覺。」
「不是相親。」
「真的嗎？相親的歸途，我們竟然……」
淚水從夫人的眼眸流到枕頭。雙肩顫抖。
「不應該。不應該。你為什麼不早告訴我？」
夫人將臉埋在枕上哭泣。
菊治深感意外。
「不管是不是在相親的歸途，不對的事就是不對吧。這完全是兩碼子事。」

菊治這麼說，也確實這麼認為。

霎時稻村小姐沏茶的姿勢，也浮現在菊治眼前。他甚至看見了那個桃紅色千羽鶴包袱巾。

於是他覺得哭泣的夫人身體是醜陋的。

「啊，不應該。我真是罪孽深重的壞女人。」

夫人渾圓的雙肩顫抖。

對菊治而言，若萌生悔意，一定也會覺得醜陋。姑且不論相親之事，而是因為夫人是父親的女人。

但是到現在這一刻，菊治並不後悔，也不覺得醜陋。

菊治自己也不明白，為何會和夫人發生這種關係。一切都極其自然。夫人剛才那番話，或許在後悔自己不該誘惑菊治，但夫人可能沒有誘惑之意，菊治也不覺得受到誘惑。此外在心情上，菊治完全沒有排斥，夫人也沒有排斥。因此可說，絲毫沒有道德陰影存在。

之前他們走出圓覺寺後，進入對面山丘的一間旅館，共進晚餐。因為夫人還想繼續聊父親的事。菊治並不是非聽不可，卻乖乖地聽也很奇怪。但夫人也沒想這麼多，只是滿懷思念地訴說。菊治聽著聽著，萌生一種安祥的好感，彷彿被柔情蜜意圍繞著。

菊治不禁覺得，父親是幸福的。

若要說這不應該，確實也不應該。菊治失去擺脫夫人的機會，委身於心靈上的甜美鬆弛裡。

然而他心裡還暗藏著陰影，所以才會像噴毒般，說出千花子和稻村小姐的事。

這個效應太大了。一旦後悔，就會覺得醜陋，因此菊治甚至想對夫人說更殘酷的話，卻也赫然湧現一股自我厭惡。

「忘記這件事吧。其實這也沒什麼。」夫人說：「這種事，真的沒什麼。」

「妳只是想起我父親吧。」

「啊？」

夫人一驚，抬起頭來。由於她剛才伏在枕頭哭泣，眼瞼都哭紅了。菊治還發現，她的眼白有些混濁，睜開的瞳眸還殘留著女人的倦意。

「你要這麼說，我也沒辦法。我是個悲哀的女人。」

「妳別胡說！」

菊治粗魯地扯開她的衣襟。

「要是這裡有塊胎記就會忘不了吧，在印象上……」

菊治被自己的話嚇到。

「不要啦。不要這樣盯著看，我已經不年輕了。」

菊治露出牙齒，湊上前去。

夫人剛才的性慾波濤又回來了。

菊治安然入睡。

半夢半醒間，菊治聽到小鳥啁啾，覺得第一次在鳥聲啼囀中醒來。

就像晨霧濕濡綠樹，菊治覺得自己的腦袋也被洗淨了，什麼都想不起來。

夫人原本背對菊治而眠，不知何時翻身過來。菊治覺得有些奇怪，支起一隻手，在破曉微明中窺視夫人的臉。

五

茶會過了半個月後，太田小姐上門拜訪菊治。

菊治請她進客廳後，為了鎮定內心的忐忑，自己去另一個房間打開茶櫃，拿了一些西式點心放在盤裡。他甚至無法判斷，太田小姐是一個人來？抑或夫人不好意思進來在外面等？

菊治打開客廳門，太田小姐便從椅子起身。只見她低著頭，緊抿微突的下唇。

「讓妳久等了。」

菊治繞過她身後，打開面向庭院的玻璃門。

經過她背後時，聞到些許花瓶裡的白牡丹香氣。她渾圓的肩膀稍微向前傾。

「請坐。」

菊治說完，自己先在椅子坐下後，忽然神奇地平靜下來。因為在她臉上看到她母親的神韻。

「突然冒昧造訪，實在很失禮。」她仍低著頭說。

「不客氣。妳居然知道我家在哪裡啊。」

「嗯。」

菊治想起來了。在圓覺寺聽夫人說，她曾在空襲時，送父親回到家門口。

菊治差點說出這件事，但還是打住。可是看了她一眼。

就這樣，那時太田夫人的溫存又如熱開水般復甦了。他憶起夫人對一切都那麼溫柔寬容。因此他也安心了。

可能是因為這份安心，菊治也放鬆了對太田小姐的警戒，但仍不敢正面看她。

「我……」太田小姐霎時打住，抬起臉來，「我今天是為我母親的事，上門請求。」

菊治屏住呼吸。

「你可以原諒我母親嗎？」

「啊？原諒？」

菊治反問，隨即也意識到夫人可能把兩人的事告訴女兒了。

「要說原諒，我才應該請求原諒吧。」

「你父親的事，我希望你也能原諒她。」

「我父親的事，要原諒的話也該由我父親原諒吧？況且我母親也不在人世了，要原諒的話該由誰原諒呢？」

「我覺得你父親會那麼早逝，都是我母親害的。還有你母親也是……這件事我也跟我母親說過了。」

「妳想太多了。這樣妳母親很可憐。」

「要是我母親先死就好了。」

她似乎羞愧得無地自容。

菊治察覺到，她在說自己和夫人的事。看來這件事讓她蒙受了很大的恥辱與傷害。

「我希望你能原諒我母親。」她再度拚命請求，「求求你。」

「沒什麼原不原諒的，我很感謝妳母親。」菊治也說得乾脆。

「都是我母親不好。她是個很糟糕的人，請你放過她吧。不要再理她了。」她說得很快，聲音有些顫抖，「我求求你。」

思。

菊治終於明白她說的「原諒」的含意，也包括了不要再理她母親的意

「也不要再打電話來了……」

她面紅耳赤，宛如為了戰勝這份羞恥，反而抬頭看向菊治。她眼眸含淚，黑溜溜的大眼睛裡，沒有絲毫惡意，只是拚命地哀求。

「我明白了。對不起。」菊治說。

「那就拜託你了。」

她靦腆之色益發濃烈，連白皙細長的頸項都染紅了。可能是為了襯托美麗的細長頸項，洋裝的衣領有著白色飾物。

「你打電話來約我母親，她沒去赴約，是我阻止了她。她無論如何都要去赴約，我緊抱著她不放。」她稍微放心後，語調緩和地說。

菊治打電話約太田夫人出來，是在那之後第三天。夫人在電話裡，語氣顯得非常高興，卻沒來約定的喫茶店。

菊治只打過那次電話，就沒再和夫人聯絡了。

「後來我覺得母親很可憐。當時我只覺得她很窩囊，拚命阻止她。結果她說：『文子，那妳去幫我回絕。』我們走到電話旁，可是我已經說不出話。因為她看著電話，哭得傷心欲絕，好像三谷先生你就在電話那裡。她就是這樣的人。」

兩人沉默片刻，菊治開口：

「那天茶會結束後，妳母親在等我的時候，妳為什麼先走了？」

「因為我想讓你知道，我母親不是那麼壞的人。」

「她一點都不壞喔。」

她低下頭。形狀姣好的小鼻子下方，看得見她微突的下唇，柔和的圓臉神似她母親。

「我以前就知道，妳母親有個女兒。我也曾幻想和那個女兒聊聊我父親的事。」

她點點頭。

「我有時也有這種想法。」

菊治心想，要是自己和太田夫人之間沒有發生任何事，能和這位小姐無拘無束地聊父親的事，不知該有多好。

但是，他能由衷原諒太田夫人，能夠原諒父親與太田夫人的事，也是因為他和太田夫人之間，已經不是沒有發生任何事的關係了。這樣很奇怪嗎？

太田小姐似乎察覺到待太久了，連忙起身。

菊治送她出去。

「除了我父親的事，我也希望有一天，能和妳聊聊妳母親美好的人品。」

菊治雖是隨口說出，但也真的這麼想。

「好啊。不過你好像快結婚了吧。」

「我快結婚了？」

「對啊。我母親說，你和稻村雪子小姐相親了……？」

「沒有這回事。」

走出門外就是坡道。下坡中途有些彎曲，從這裡往回望，只看得見菊治家庭院的樹梢。

太田小姐這番話，使菊治驀然想起千羽鶴小姐的倩影。就在此時，文子停下腳步向菊治道別。

於是兩人背道而馳，菊治往上坡走去。

森林的夕陽

一

千花子打電話去公司找菊治。

「今天你下班會直接回家嗎？」

菊治原本要直接回家，卻一臉不悅地說：

「不一定。」

「今天請你下班直接回家，為了你父親。今天是你父親例年都會舉辦茶會的日子吧。想起這件事，我就坐立難安。」

菊治默不作聲。

「那間茶室，喂喂喂？我打掃那間茶室的時候，突然想做幾道菜。」

「妳現在在哪裡？」

「在你家呀，我已經在你家了。對不起，沒有先跟你說。」

菊治心頭一驚。

「我想起這件事就坐立難安，所以想說至少來打掃一下茶室，說不定能平靜下來。我應該先打個電話跟你說，可是我知道你一定會拒絕。」

父親過世後，那間茶室就沒人用了。

儘管如此，母親生前還是時常進去，獨自坐在那裡。但茶爐沒有生火，而是用鐵壺提熱開水去。菊治不喜歡母親去茶室。那裡靜悄悄的，他擔心母親會胡思亂想。

其實菊治也很想偷看，母親獨自一人在茶室做什麼？但終究沒去看過。

父親生前，負責打理茶室的是千花子，因此母親很少去茶室。

母親過世後，茶室就關起來了。只有父親在世時的老女傭，一年會去茶室幾次，讓它通通風。

「這茶室多久沒打掃了？不管我怎麼擦，榻榻米還是有霉味，真是傷腦筋。」千花子的語氣越來越肆無忌憚，「我掃著掃著，忽然想做幾道菜。因為是臨時起意，食材沒有備齊，不過還是弄了幾道菜喔。所以你下班後直接回來。」

「咦？妳也真是的。」

「如果你覺得一個人無聊，帶三、四個同事回來，怎麼樣？」

「不行。我的同事沒有人懂茶道。」

「不懂茶道的人才好啊，因為我準備得很簡陋。放輕鬆來吧。」

「不行啦。」菊治沒好氣地說。

「這樣啊。真叫人失望。這下該怎麼辦才好呢？對了，找你父親的茶道朋友……可是也不能唐突地叫人家來。不然，叫稻村家的小姐來吧？」

「妳別開玩笑了。不要這樣。」

「為什麼？我覺得很好啊。關於那件親事，對方也很有意思，你可以再好好地看看她，和她聊聊天也不錯啊。要是你今天找她來，她也來了的話，就表示她答應這門親事了。」

「不要。我討厭這種事。」菊治滿心厭煩，「妳不要這樣。我不會回去。」

「啊？哎喲，不過這種事電話講不清楚，以後再談吧。總之事情就是這樣，你下班後趕快回來。」

「事情就是這樣是怎樣？這可不關我的事。」

「好吧。反正只是我擅作主張的事。」

千花子說著，一股咄咄逼人的毒氣也從話筒傳來。

這使菊治想起，覆蓋千花子半邊乳房的大胎記。

於是菊治彷彿聽到千花子打掃茶室的掃帚聲，像是在掃自己的腦袋內部；擦拭簷廊的抹布，也宛如在抹擦自己的腦袋內部。

儘管菊治早就厭惡千花子，但她竟然趁菊治不在家時進入屋裡，而且擅自做起菜來，也真是詭異。

千花子若是為了憑弔父親，進去清理茶室，插了花就離開，倒還可以原諒。

但就在菊治滿腔怒火的厭惡中，她居然搬出稻村小姐。稻村小姐的倩影，像一道光芒閃現他腦海。

父親過世後，菊治和千花子自然疏遠了。難道現在千花子想以稻村小姐為餌，重新拉攏和菊治的關係，糾纏不休？

千花子這通電話，一如既往展現她有趣的個性，令人苦笑也讓人失去戒心，但同時也帶著咄咄逼人的強人所難。

菊治思忖，會覺得千花子強人所難，是因為自己有弱點。畏懼自己的弱點，所以不敢對千花子的任性電話發怒。

千花子是抓住了菊治的弱點，才得意洋洋趁虛而入吧？

菊治下班後去了銀座，走進一間小酒館。

千花子說的沒錯，今天他必須回去，但背負著自己的弱點，實在太苦悶了。

圓覺寺茶會的歸途，菊治意外地與太田夫人投宿於北鎌倉的旅館，這件事千花子應該不知道，難道在那之後，她和太田夫人見過面？

她在電話裡咄咄逼人的語氣，令人懷疑不只是出自她厚臉皮的習性。

可是說不定，這只是千花子以她的方式在促成菊治與稻村小姐的婚事。

菊治在酒館裡也心神不寧，最後終於搭上回家的電車。

電車經過有樂町往東京站駛去時，菊治從車窗俯瞰高聳行道樹並排的大路。

這條路與電車路線幾乎形成直角，貫通東西，恰好返照著落日，光芒炫目如金屬板。但行道樹只能看到受光的背面，因此綠意顯得黯沉，樹蔭涼爽。枝條舒展，闊葉繁茂。道路兩旁是一幢幢堅實的洋房。

奇妙的是這條大路不見行人，可極目眺望到與皇居護城河交界的盡頭，整條路冷冷清清。炫目耀眼的車道也一片寂靜。

在擁擠不堪的電車裡俯瞰這一幕，彷彿只有這條路浮在黃昏奇妙的時間裡，有種異國情調的感覺。

菊治彷彿看到稻村小姐抱著繪有白色千羽鶴的桃紅縐綢布包，走在那行道樹的樹蔭下，甚至連千羽鶴包袱巾都看得一清二楚。

菊治的心情煥然一新。

想到稻村小姐說不定快到自己的家了，菊治內心騷動不已。

但話又說回來，千花子在電話裡要菊治帶同事一起回去，菊治不肯，她才說叫稻村小姐來吧。千花子究竟在盤算什麼？難道她一開始就打算叫稻村小姐來？菊治百思不解。

菊治一到家，千花子匆匆來玄關應門，劈頭就問：

「你一個人？」

菊治點頭。

「一個人太好了。她來了喔。」
千花子走過來，示意要拿菊治的帽子與公事包。
「你好像去了別的地方才回來的？」
菊治心想，可能自己臉上殘留著酒氣吧。
「你去了哪裡？後來我又打了電話去公司找你，他們說你已經走了，我就開始計算你回來的時間。」
「妳也太嚇人了。」
千花子沒有為擅自進來與自作主張道歉。
她還跟到起居室，想拿女傭事先準備的和服，幫菊治穿上。
「不用啦。這樣很失禮，我自己換穿。」
菊治脫掉外套，宛如要擺脫千花子的糾纏，走進儲藏室。
在儲藏室換好了衣服出來後，千花子依然坐在那裡。
「我真佩服你能過單身漢的生活。」

「哦。」

「還是趕快結束這種不方便的生活吧。」

「看我老爸那個樣子，我就受夠了。」

千花子看了看菊治。

她穿著向女傭借來的烹飪服，捲起袖子。這件烹飪服原本是母親的。手腕以上的膚色白得不勻稱，肉肉胖胖的，手肘內側有著綑綁般的青筋。菊治見狀，倏地感到意外，那像一塊僵硬的厚肉。

「我請她在客廳坐，不過還是去茶室比較好吧。」千花子一本正經地說。

「可是茶室有裝電燈嗎？我沒看過茶室點燈。」

「那就點蠟燭呀，這樣反而比較有情調。」

「我不喜歡那一套。」

千花子忽然想起什麼似地說：

「啊，對了。剛才我打電話給稻村小姐，她問是不是要和她母親一起來，我說能一起來更好，結果她說她母親有事，所以她決定一個人來。」

「什麼她決定？根本是妳擅作主張吧。突然叫人家馬上來，就已經夠失禮了。」

「這我知道，可是她已經來了呀。既然她願意來，我的失禮也就自然不存在了吧。」

「怎麼說？」

「可不是嗎？既然她今天來了，就表示有意思繼續談這樁婚事吧。就算我的做法有點離譜也無所謂。事情談成之後，你們兩人可以儘管笑我說，栗本真是離譜的女人。就我的經驗來說，談得成的婚事，不管怎樣都談得成。」

千花子說得不屑一顧，彷彿看穿了菊治的心思。

「妳跟他們談過了？」

「對，談過了。」

千花子彷彿在說，事情本來就該談清楚。

菊治起身，從走廊走向客廳，行經大石榴樹旁時，他努力想換個表情，總不能讓稻村小姐看到這張臭臉。

他朝昏暗的石榴樹蔭一看，腦海又浮現千花子的胎記。於是他搖搖頭。客廳前的庭石還殘留著些許夕照。

拉門敞開著，稻村小姐坐在靠門邊之處。

她明豔照人的光芒，似乎也照亮了寬敞客廳的微暗深處。

壁龕的水盤插著菖蒲花。

她也繫著鳶尾花圖案的腰帶。這可能是巧合。但這也可能是尋常的季節表現，未必是巧合。

壁龕裡的花不是鳶尾而是菖蒲，所以葉子和花朵都插得很高。從花的感覺看得出來，這是千花子剛插的花。

二

翌日是下雨的星期天。

午後，菊治進入茶室，收拾昨天用過的茶具。

也為了思慕稻村小姐的餘香。

他吩咐女傭拿傘來。當他想從客廳走下庭院的踏腳石，發現屋簷的排水管破了，雨水嘩啦嘩啦落在石榴樹前。

「那裡要修一修才行。」菊治對女傭說。

「說的也是。」

菊治想起，以前雨夜就算上床了，都很在意那個漏水聲。

「可是要修的話，那裡要修這裡也要修，修不完啊。不如趁壞得更嚴重之前，賣掉算了。」

「最近有大宅院的人都這麼說。昨天稻村小姐也吃驚地說，這房子好大喔。她是打算嫁到這裡來吧。」

女傭言外之意是別賣。

「栗本老師有跟妳說這類的話？」

「有。她說稻村小姐來了之後，她會帶她到處參觀一下。」

「咦？我真是受夠她了。」

昨天，稻村小姐並沒有向菊治說這件事。

菊治以為稻村小姐只是從客廳去茶室。因此今天自己也想從客廳走來茶室看看。

昨晚，菊治輾轉難眠。

他總覺得茶室裡還漾著稻村小姐的香氣，想半夜起身去茶室看看。

「她是永遠遙不可及的人。」

為了讓自己睡著，菊治如此定位稻村小姐。

想不到她在千花子的帶領下，早已把家中各處看過了。菊治深感意外。

菊治吩咐女傭拿炭火來茶室，自己先走踏腳石去。

昨晚，千花子要回去北鎌倉，便和稻村小姐一起離開，因此善後工作交由女傭負責。

菊治只要收拾擺在茶室一角的茶具即可，但他不知道原本放在哪裡。

「栗本一定很清楚吧。」

菊治自言自語，望著壁龕裡的歌仙畫[1]。

這幅是法橋宗達[2]的小幅畫作，淡墨描線，施以淡彩。

昨天，稻村小姐曾問菊治：

「這畫的是誰呢？」

菊治答不出來：

「不知道，是誰呢？因為畫裡沒有題上和歌，我也看不出是誰。這種畫裡的和歌詩人，差不多都一個樣。」

千花子插嘴說：

「可能是宗于[3]吧。他的和歌是，常盤松樹綠，春來也會色更濃。雖然以時節來說晚了些，但你父親很喜歡，春天常掛出這幅畫。」

「這就很難說了，究竟是宗于還是貫之[4]，光憑畫面根本難以分辨。」菊治又說。

儘管今天再看這幅畫，那雍容莊重的臉，還是很難分辨出是誰，但這幅寥寥幾筆線條的小畫，卻給人大器之感。菊治就這樣端詳了片刻，聞到淡淡清香。

這幅歌仙畫，與昨天客廳插的菖蒲花，都讓菊治想起稻村小姐。

---

1 日本平安朝時期的貴族詩人藤原公任（966-1041），選出三十六位傑出和歌詩人，稱三十六歌仙，由人為這些歌仙作畫，再配上和歌。

2 法橋宗達，江户初期畫家，生卒年不詳。出生富商之家，以日本傳統的繪畫技巧，加上大膽的裝飾性，為水墨畫開創了新境界。

3 源宗于（?-939），平安前期貴族歌人，三十六歌仙之一，光孝天皇之孫。

4 紀貫之（?-945），平安前期歌人，三十六歌仙之一，亦為《古今和歌集》的選者之一。

「我剛才在燒水，想讓水多燒一下再拿來比較好，所以來晚了。」

女傭拿來炭火與一壺熱開水。

菊治只是因為茶室濕氣重，想要升火，並不打算把鐵釜放上去。

可是菊治說要炭火，機靈的女傭就準備了熱開水。

因此菊治隨便茶爐裡放進幾塊炭，然後放上鐵釜。

菊治自幼跟在父親身邊，對茶席很熟，但沒有興趣自己沏茶。父親也不強迫他學。

現在水已經滾了，菊治也只是稍稍挪開鐵釜的蓋子，茫然地坐著。

茶室裡有些霉味，榻榻米也有些潮濕。

素雅的牆壁，昨天反而襯托出稻村小姐的美麗姿容，今天顯得黯淡無光。

稻村小姐宛如住在洋房裡的人穿和服來，因此昨天菊治對她說：

「栗本這樣突然找妳來，妳一定很為難吧。在茶室招待妳，也是她擅作主張。」

「我聽老師說，今天是你父親例年舉行茶會的日子。」

「聽說是這樣，不過我早就忘了，想都沒想到。」

「在這種特別的日子，找我這種不諳茶道的人來，老師是在挖苦我嗎？因為我最近疏於練習茶道。」

「栗本也是今天早上才想到，急忙來打掃茶室。所以還有一股霉味吧。」菊治訥訥地又說：「不過，如果我們不是經由栗本介紹而認識，不知該有多好。我覺得對妳很過意不去。」

稻村小姐詫異地望著菊治。

「為什麼呢？如果沒有老師，就沒有人會介紹我們認識吧。」

這委實是簡單的抗議，卻也千真萬確。

的確，如果沒有千花子，他們兩人可能不會在人世相識。

菊治宛如迎面挨了一記閃光的鞭子。

她這種說法似乎是答應與菊治的婚事了。菊治如此認為。

因此菊治才會覺得，她詫異的目光像一道閃光。

可是，菊治以「栗本」直呼「栗本千花子」，聽在她耳裡不知做何感想？雖然父親與栗本只是短暫交往，但她知道栗本曾是父親的情婦嗎？

「因為我對栗本有不好的印象。」菊治語帶顫抖地說：「我不想讓那個女人干涉我的命運。我實在很難相信，妳是那個女人介紹給我的。」

此時千花子把自己的飯菜也端來。兩人的談話就此中斷。

「讓我也陪你們一起聊天吧。」

千花子坐下就擺出努力工作後想喘口氣的樣子，身子稍稍前傾，端詳稻村小姐的臉色。

「只有一位客人，看起來很冷清，不過你父親一定很高興。」

稻村小姐坦率地垂眼說：

「我沒有資格進入這間茶室。」

千花子置若罔聞，就自己記憶所及，繼續說著菊治父親生前如何使用這間茶室。

千花子似乎斷定這樁婚事會談成。

稻村小姐要回去時，千花子在玄關說：

「菊治你也該去稻村家拜訪一下⋯⋯。改天來挑個日子吧。」

稻村小姐點點頭，似乎有話要說，但沒說出來。忽然渾身散發出本能的羞澀。

菊治深感意外，彷彿感受到她的體溫。

但菊治也認為，自己被黑暗醜陋的帷幕包圍著。

如今這帷幕依然拿不掉。

不僅介紹稻村小姐給他的千花子不乾淨，菊治本身也不乾淨。

菊治曾經想像，父親以髒兮兮的牙齒咬千花子胸部的胎記。如今父親這種形象也和自己連在一起了。

稻村小姐並不介意千花子，菊治卻很在意。菊治怯懦又優柔寡斷，儘管不全然是這個因素造成，但也是原因之一。

菊治擺出厭惡千花子的態度，也擺出是千花子在強行撮合他與稻村小姐婚事的態度。於是千花子又成為很好利用的方便女人了。

菊治覺得稻村小姐可能看穿了這一點，才給他當頭棒喝。在這個當下，菊治發現這樣的自己，不禁愕然。

昨天飯後，千花子去準備沏茶時，菊治又對稻村小姐說：

「如果栗本就是在操縱我們的命運，妳和我對這個命運的看法，似乎大不相同。」

這話帶著辯解意味。

父親過世後，菊治不喜歡母親獨自進入這間茶室。

儘管現在還是不喜歡，但菊治已經能這麼想了：父親和母親和自己，個別進入這間茶室時，想的事情似乎都不太一樣。

雨淅瀝淅瀝打在樹葉上。

在這雨聲裡，忽然有一股雨打在傘上的聲音逐漸接近。不久拉門外傳來女傭的聲音說：

「太田女士來了。」

「太田女士？是夫人還是小姐？」

「是夫人。看起來好像生病了，很憔悴……」

菊治倏地起身，但也只是站著不動。

「要帶她去哪個房間呢？」

「帶來這裡好了。」

「好的。」

太田遺孀沒有撐傘來。可能放在玄關吧。

菊治以為她的臉被雨水淋濕，細看卻發現是淚水。

因為那水不停從眼睛流到臉頰，才看出是淚水。

菊治起初糊塗到以為是雨水，隨即驚呼走上前去。

「啊！妳怎麼了？」

夫人在濕濡的簷廊坐下，雙手撐在地板上。

看似要朝菊治那裡癱軟倒下。

靠近簷廊的門檻濕答答的。

夫人的淚珠不停落下，菊治霎時又以為是雨滴。

夫人始終望著菊治，彷彿這樣才能撐住不至於倒下。菊治也感受到，若避開她的視線，會發生危險的事。

她眼窩凹陷，臉上布滿細紋，眼圈發黑，而且雙眼皮奇妙地變成病態狀，但如泣如訴的眼眸濕潤閃亮，有種難以言喻的柔情。

「不好意思，我很想見你，實在按捺不住就跑來了。」夫人的語氣和藹可親。

此時的柔情也展現在她的姿態上。

若沒有這份柔情，菊治根本無法直視她，因為她實在太憔悴了。

然而看到夫人痛苦的模樣，菊治的心也宛如刀割。他知道是自己害她這麼痛苦，但受到夫人的柔情感染，他也萌生了一種錯覺，覺得自己的痛苦緩和了。

「這樣會淋濕，快點進來。」

菊治突然從背後深深抱住夫人的胸部，幾乎硬是把她拉上來。動作有些粗暴殘酷。

夫人想靠自己的腳站立。

「放我下來。放我下來。我很輕吧。」

「是啊。」

「我變輕了喔。因為最近瘦了。」

菊治有些驚訝，自己竟忽然把夫人抱起來。

「妳女兒會擔心吧？」

「文子？」

夫人說得好像文子也來了。

「妳女兒也一起來了嗎？」

「我是瞞著她來的……」夫人抽噎地說：「那孩子把我看得很緊，就連夜裡我稍有動靜，她都會立刻醒來。因為我的緣故，她好像也變得有些不正常，甚至說出：『媽，妳為什麼只生我一個孩子？即使是三谷先生的孩子也好啊？』這種可怕的話。」

夫人說話時也將身子坐正了。

菊治從夫人這番話，感受到太田小姐的悲傷。

文子的悲傷，是不忍見母親的悲傷。

可是文子說，即使是菊治父親的孩子也好。這句話刺傷了菊治。

夫人仍凝望著菊治。

「今天她說不定也會追來。我是趁著她不在的時候偷跑來的……。因為在下雨，她可能認為我不會出門吧。」

「因為下雨天的關係？」

「是啊，她可能認為我衰弱到下雨天出不了門吧。」

菊治只是點點頭。

「前幾天，文子來你家找過你吧？」

「是啊，她來過。她請我原諒她母親，我根本不知該如何回答。」

「我很明白那孩子的心情。可是我為什麼又來了呢？啊，真可怕。」

「可是我很感謝妳喔。」

「謝謝你，明明這樣就已經夠了……。但後來我很痛苦，對不起。」

「可是應該沒有什麼能束縛妳吧。如果有，難道是我父親的亡靈？」

儘管菊治這麼說，夫人卻不為所動。菊治彷彿撲了個空。

「忘了吧。」夫人說：「我也不知道為什麼要對栗本女士那通電話那麼生氣。」

「栗本打電話給妳？」

「是啊，今天早上。她說你和稻村雪子小姐的婚事已經敲定了……。她為什麼要通知我呢？」

太田夫人又雙眸泛淚，但忽然露出微笑。這不是帶哭的笑，而是純真的微笑。

「婚事並沒有敲定喔。」菊治否定，「妳是不是讓栗本察覺到我們的事了？在那之後，妳有見過栗本嗎？」

「沒見過。不過她是很可怕的人，說不定已經知道了。今天早上講電話的時候，她一定也覺得我很奇怪。都怪我太沒用了。那時我快支撐不住了，好像尖叫了什麼。儘管在電話裡，她也得聽得出來吧。後來她跟我說了一句話，叫我不要阻撓你的婚事。」

菊治皺起眉頭，一時說不出話來。

「居然叫我不要阻撓……。關於你和雪子小姐的事，我真的覺得自己很不好意思，可是今天早上栗本女士好可怕，我實在嚇壞了，在家裡待不住。」

夫人宛如被附體般，雙肩不住顫抖，嘴唇歪向一邊，吊了上去。完全顯現出年齡的醜陋。

菊治起身走過去，伸手按住夫人的肩。

夫人抓住菊治的手。

「好可怕，我真的很害怕。」

她一臉驚懼地環顧四周，忽然又渾身無力地說：

「這裡的茶室？」

菊治不懂她這話的意思，模糊其辭地回答：

「是。」

「這茶室真不錯。」

夫人可能想起丈夫生前經常應邀來這裡？或是憶起菊治的父親？

「妳第一次來？」菊治問。

「是的。」

「妳在看什麼？」

「沒有，沒什麼。」

「那是宗達的歌仙畫喔。」

夫人點頭，就這樣低著頭。

「妳以前沒來過我家？」

「沒有，從沒來過。」

「這樣啊。」

「不，來過一次，你父親告別式的時候……」夫人沒再多說。

「開水滾了，妳要不要來沏茶？可以紓解一下疲憊。我也想喝。」

「嗯，可以嗎？」

夫人站起來，稍微踉蹌了一下。

菊治從並排在角落的盒子裡取出茶碗之類的茶具。發覺這是昨天稻村小姐用過的茶具，照樣拿出來。

夫人取下鐵釜的蓋子時，手有點抖，蓋子碰到了鐵釜，發出細微聲響。

她拿著水杓，胸部前傾，淚水滴濕了鐵釜的鍋肩。

「這個鐵釜，也是我請你父親買下的喔。」

「這樣啊？我完全不知道。」菊治說。

儘管夫人說這個鐵釜是她丈夫生前所有，菊治也不起反感。對於夫人率直說出這種事，也不覺得奇怪。

夫人沏完茶後，說：

「我沒辦法端過去，你來拿。」

菊治走到鐵釜旁，直接在那裡喝茶。

夫人彷彿昏倒似的，倒在菊治腿上。

菊治抱著她的肩。夫人的背脊稍微晃動，氣息逐漸微弱。

夫人十分柔弱，菊治就像抱著幼小的孩子。

三

「夫人！」菊治使勁地搖晃她。

他雙手揪著夫人的咽喉到鎖骨一帶，宛如要勒她的脖子。這時才發現，她的鎖骨比上次更突出。

「夫人，妳能分辨我父親和我嗎？」

「你好殘酷喔。真討厭。」

夫人依然閉著雙眼，嬌嗔地說。

她似乎不想立刻從另一個世界回來。

菊治這句話，與其在對夫人說，毋寧是對自己內心的不安說。

他就這樣溫順地被誘入另一個世界。那只能認為是另一個世界。在那裡，父親和菊治似乎沒有區別。但事後會萌生不安。

夫人彷彿不是人類的女人，而是人類以前的女人，或人類最後的女人。

她只要進入另一個世界，就令人懷疑她是否感受不到過世的丈夫、菊治的父親、與菊治的區別。

「妳只要想起我父親，就把我和我父親看成同一個人吧？」

「原諒我。啊，好可怕。我真是罪孽深重的女人啊。」

夫人的眼尾淌出一道淚水。

「啊，我好想死，好想死。如果現在就能死掉，該有多麼幸福。菊治，你剛才不是要勒我的脖子嗎？為什麼不勒下去？」

「妳別開玩笑了。可是經妳這麼一說，我倒是想勒勒看。」

「哦？感激不盡。」

夫人伸長那細長的脖子。

「我現在很瘦，很好勒喔。」

「妳不能留下妳女兒去死吧？」

「沒關係，反正這樣下去也會累死。文子就拜託妳照顧了。」

「如果妳女兒像妳這樣……」

夫人倏地睜開眼睛。

菊治也被自己這句話嚇到。萬萬沒料到說出這句話。

夫人究竟是怎麼解讀的？

「你看，我的脈搏變得這麼亂……我已經活不久了。」

夫人執起菊治的手，按在乳房下方。

這紊亂的心跳，或許是被菊治的話嚇到。

「菊治，你幾歲了？」

菊治沒回答。

「不到三十歲吧？真的很抱歉。我是個悲哀的女人。我自己也不懂為什麼會這樣。」

夫人用一隻手撐起上半身，彎起雙腳。

菊治坐下。

「我不是來玷汙你和雪子小姐的婚事。不過，一切已經結束了。」

「我又沒決定要結婚。妳這麼說的話，我覺得妳清洗了我的過去。」

「哦？」

「作媒的栗本，也是我父親的女人喔。她在散播過去的毒氣。妳是我父親最後的女人，我覺得我父親很幸福。」

「你趕快跟雪子小姐結婚吧。」

「這是我的自由。」

夫人怔愣地望著菊治，雙頰血色漸退，忽然扶額。

「啊，我的頭好暈喔。」

夫人說無論如何都要回去，因此菊治叫了車子，自己也坐上車。

夫人閉著眼睛，靠在車裡的角落。一副無依無靠的樣子，宛如性命垂危。

菊治沒有進入夫人家。下車時，夫人冰冷的手指，宛如瞬間從菊治的手心消失而去。

這天深夜兩點左右，文子打電話來。

「你是三谷先生嗎？我母親剛才……」

文子停頓了一下，然後清清楚楚地說：

「過世了。」

「啊？妳說妳母親怎麼了？」

「過世了。死於心臟麻痺。她最近安眠藥吃太多了。」

菊治語塞。

「所以，我想請你幫個忙。」

「嗯。」

「如果你有熟識的醫生，可以的話，能不能帶醫生一起過來？」

「醫生？要叫醫生是嗎？那要快點。」

菊治起初十分驚訝，居然沒叫醫生來？隨即恍然大悟。

夫人是自殺的。文子想隱瞞這件事，所以請菊治幫忙。

「我明白了。」

「拜託你了。」

文子一定思索了很久，才打電話給菊治。也因此才慎重地只說重點。

菊治坐在電話旁，閉上眼睛。

那天在北鎌倉旅館與太田夫人共度一宿後，回程在電車裡看到的夕陽，

此時忽然浮現在菊治腦海。

那是池上本門寺的森林夕陽。

赤紅的夕陽恍如掠過林梢流動而去。

森林在晚霞天空下，黑黝黝地浮現。

掠過林梢的夕陽，也會刺痛疲憊的眼眸，因此菊治闔上了雙眼。

那時菊治忽然覺得，稻村小姐包袱巾上的白色千羽鶴，恍如在眼裡殘留的晚霞天空飛舞。

繪志野[1]

一

菊治在太田夫人頭七的翌日去太田家。

下班後已經傍晚了，因此他原本打算早退，卻又心神不寧想立刻去，就這樣遲疑不定拖到了下班才去。

文子來玄關應門。

「啊！」

她雙手抵地，抬頭望著菊治。彷彿以雙手撐著顫抖的肩膀。

1 繪志野，志野茶陶的一種，素燒後描畫簡素鐵繪，再施予長石釉的技法燒製。

「謝謝你昨天送的花。」
「不客氣。」
「你都送花來了，所以我以為你不會來了。」
「這樣啊？也有人先送花來，然後再親自來的吧。」
「我倒是沒想到這個。」
「昨天我也來到附近的花店……」
文子率直地點頭。
「雖然花束沒有署名，但我立刻猜出是你送的。」
菊治想起，昨天站在花店的花叢裡，思念太田夫人的情景。
也想起那時花朵的芳香，忽然緩和了自己對罪惡的恐懼。
今天文子又溫柔地迎接他。
文子穿著白底棉布衣服，脂粉未施，唯有些許乾裂的嘴唇搽了淡淡口紅。

「我覺得昨天還是不來比較好。」菊治說。

文子斜斜地挪開膝蓋，示意請菊治進去。

她為了避免哭出來，因此在玄關說了些寒暄話；但接下來再以同樣的姿態說話，可能就會哭出來了。

「光是收到你的花，我就已經夠高興了。可是昨天，你要是能來就更好了。」

文子跟在菊治的後面進來說。

菊治盡量放輕鬆。

「我怕會惹得妳的親戚們反感就不好了。」

「我才不管那麼多呢。」文子說得斬釘截鐵。

客廳裡，骨灰罈前立著太田夫人的照片。

而花，只有昨天菊治送的花。

菊治見狀深感意外。只剩自己送的花，難道其他的花文子都收掉了？

但菊治也覺得，昨天或許是個冷清的頭七。

「這是水指吧。」

文子知道菊治說的是花瓶。

「是的。因為我覺得很適合用來插花。」

「這是很精緻的志野[2]啊。」

雖然以水指來說小了些。

裡面插的花是白玫瑰與淡色康乃馨，這花束與筒形的水指很搭。

「我母親也常用這個水指插花，所以留下來沒有賣掉。」

菊治坐在骨灰罈前，燒香，雙手合十，闔上雙眼。

菊治在謝罪，但對夫人的愛也充滿感謝之情，覺得受到驕寵。

夫人是被「罪」逼到走投無路才尋死？抑或被「愛」逼到難以控制才尋死？害夫人尋死的究竟是罪還是愛？菊治思索了一星期仍不得其解。

此刻在夫人的骨灰罈前閉眼悼念，他腦海並沒有浮現夫人的肢體，卻感到夫人芳香醉人的觸感，溫暖包覆著他。奇怪的是，菊治不覺得有什麼不自然，這也可能是夫人的緣故。儘管觸感復甦了，但不是雕刻性的感受，而是音樂性的感覺。

夫人死後，菊治夜不成眠，常在酒裡加安眠藥。儘管如此也易醒多夢。可是並非被惡夢嚇醒，而是從夢醒縈繞著甜美陶醉。因此醒來之後，他也神魂顛倒陶醉不已。

菊治感到奇怪，已死之人，居然讓人在夢裡都能感受到她的擁抱。以菊治尚淺的經驗來說，這是不可思議的事。

「我真是罪孽深重的女人啊。」

2 志野，相傳是室町時代的茶人志野宗信所喜愛的燒陶而得名，在日本具有國寶地位。淡雪般的釉色，半透明厚實的長石釉，表面充滿如針刺般的巢穴，釉藥邊緣有絕美的火色變化，自古受到茶人推崇。

夫人在北鎌倉旅館和菊治過夜時，以及來菊治家進入茶室後，都說過這句話。但這話似乎反而引發夫人的舒爽戰慄與唏噓。如今菊治坐在夫人的骨灰罈前，想著夫人尋死之事，也彷彿聽到夫人在說，如果這是罪，果然是罪。

菊治睜開眼睛。

聽到文子在背後抽噎。她像是忍著不哭出聲，不慎漏出一聲又強行忍住。

菊治坐著不動，問：

「這是什麼時候的照片？」

「大概五、六年前。小照片放大的。」

「這樣啊。這是沏茶時的照片吧？」

「哎呀，你很清楚耶。」

這是一張臉部放大的照片。衣領交合處以下裁掉了，雙肩也裁掉了。

「你怎麼知道是沏茶時的照片？」文子問。

「我有這種感覺。她的眼睛往下看，像是在做什麼事情的表情。雖然看不見肩膀，但看得出身體在使勁。」

「起先我覺得拍得有點側面不太好，不過這是母親喜歡的照片。」

「這是一張嫻靜的好照片。」

「可是有點側面總是不太好。人家來上香的時候，沒有看著人家吧。」

「哦？原來還有這一層考量。」

「不只側面，還低著頭。」

「說得也是。」

菊治憶起夫人過世前一天的沏茶情景。

當時夫人拿著水杓，淚水滴濕了鐵釜的鍋肩。菊治前去取茶，將茶碗托在手心，直到喝完時，鐵釜上淚水才乾掉。菊治放下茶碗，夫人便倒在他腿上。

「拍這張照片時，母親還胖胖的。」文子訥訥地又說：「而且這張照片跟我太像了，供在那裡，總覺得難為情。」

菊治驀然回頭看她。

文子垂下雙眼。那是剛才一直看著菊治背影的雙眼。

菊治只好從靈前起身，與文子相對而坐。

可是能說什麼對文子表示歉意呢？

所幸花瓶是志野的水指，菊治輕輕將手抵在花瓶前，擺出欣賞茶器的模樣。

白釉中浮現出些許紅，菊治伸手摸了摸那似冷又暖的艷麗表面。

「柔美夢幻的精緻志野，我們也很喜歡。」

他想說柔美夢幻的女人，但拿掉了「女人」。

「你喜歡的話，當作母親的遺物紀念品送給你。」

「不……」菊治慌忙抬頭。

「喜歡的話，真的別客氣。我母親一定也很高興。應該不是太差的東西。」

「這當然是好東西。」

「我母親也這麼說，所以我才把你送的花插在裡面。」

菊治霎時熱淚盈眶。

「那我就收下了。」

「我母親一定也很高興。」

「可是，我不會把它拿來當水指用，會當花瓶用。」

「我母親也是用來插花，這樣很好啊。」

「說是當花瓶插花，但也不是茶道用的花。茶道的器具離開了茶道，會寂寞的。」

「我也不想學茶道了。」

菊治轉身，順勢站了起來。

將靠近壁龕的坐墊拖到簷廊邊坐下。
文子一直坐在菊治後面幾步之處，而且沒有用坐墊。
此刻菊治移動位子，文子變成孤零零被留在客廳中央。
她原先輕輕屈指放在膝上的手，忽然發抖般地緊握。
「三谷先生，請你原諒我母親。」
文子說完，深深低下頭去。
她低頭的瞬間，菊治以為她的身體也要倒下，霎時心頭一驚。
「妳在說什麼呀。應該請求原諒的是我。但我認為，我連請求原諒的資格都沒有，也不知該如何向妳道歉。在妳面前，我深感慚愧，根本不好意思來見妳。」
「慚愧的是我們。」
文子臉上滿是羞恥之色。
「慚愧到無地自容。」

那沒有施粉的臉頰一直到白皙細長的頸項，霎時泛紅，可以看出她有多麼心力交瘁。

那淡淡的血色，反而讓人感受到文子的貧血。

菊治內疚又心疼。

「她不曉得有多恨我呢。」

「恨？怎麼會？我母親怎麼會恨你。」

「可是，是我害死她的不是嗎？」

「是她自己尋死的。我是這麼認為的。她過世後，我一個人思索了一個禮拜。」

「她過世後，妳一直一個人在家？」

「嗯，從以前就只有母親和我相依為命。」

「我卻害死了妳相依為命的母親。」

「就說她是自己尋死的。如果要說是你害死她，那我就成了更是把她逼死的人。如果她死了，我必須恨誰才行，那我得恨我自己。可是旁人覺得有責任或後悔，她的死會變得陰暗，變得不純。我覺得留下來的人的反省或後悔，會成為死者的重擔。」

「或許確實如此，但我如果沒遇到妳母親……」菊治說不下去了。

「我想，死者只要能得到原諒就足夠了。說不定我母親是想得到你的原諒才死的。你能原諒她嗎？」

文子說完便起身離開。

菊治因為文子這席話，覺得腦海裡的帷幕卸除了一層。

然而他也不禁尋思，原來也有減輕死者負擔這種事。

因死者而煩憂，像是在咒罵死者，會犯很多膚淺的錯誤。死者不會把道德強加在生者身上。

菊治又看向夫人的照片。

二

文子端著茶盤進來。

盤裡放著赤樂與黑樂[3]的筒狀茶碗。

文子將黑樂放在菊治前面。

裡面裝的是粗茶。

菊治拿起茶碗，看了看底部的樂印，粗聲粗氣地問：

「這是誰做的？」

「應該是了入[4]。」

3 相傳起源於豐臣秀吉的陶匠長次郎，當時他的茶碗在聚樂第燒製，作品因而被稱作「樂燒」，「赤樂」與「黑樂」兩類，以樸質雅緻為其特色。

4 了入（1756-1834），樂家第九代陶匠吉左衛門的稱號。

「紅的也是？」

「是的。」

「所以這是一對的吧。」

菊治看向紅茶碗。

文子將它擺在膝前。

這是適合當茶杯用的筒狀茶碗，菊治霎時湧現不愉快的想像。

文子的父親死後，菊治的父親還活著的時候，父親來這裡找文子的母親，可能也是把這一對樂茶碗，當作茶杯用吧？菊治的父親用黑的，文子的母親用紅的，當作夫妻茶碗在用？

若是了入燒製的，就不會那麼可惜，說不定還當作兩人的旅行茶碗呢。

若果真如此，知情的文子將這碗茶拿出來給菊治用，也未免太惡作劇了。

但菊治並不覺得這是故弄玄虛的嘲諷，或有什麼企圖。

他認為這是少女單純的感傷。

這種感傷也感染了菊治。

文子與菊治，也許因文子母親之死而疲憊不堪，抵抗不了這種異常的感傷，但這對樂茶碗確實加深了菊治與文子的共同悲戚。

菊治父親與文子母親的關係，以及母親與菊治的關係，還有母親之死，這些文子都很清楚。

隱瞞母親自殺一事，共犯也只有他們兩人。

文子泡粗茶時，可能邊泡邊哭，眼睛有點紅。

「我覺得我今天來對了。」菊治說：「剛才妳說的那番話，我認為也可以解讀成，死者與生者之間，已經沒有原不原諒的問題。但我可以改變想法，認為妳母親原諒我了吧？」

文子點點頭。

「如果不這樣，我母親也無法獲得原諒。她可能一直無法原諒自己吧。」

「可是我來到這裡，這樣與妳相對而坐，或許也是可怕的事。」

「為什麼？」文子看向菊治，「你認為死是不對的嗎？其實我母親死的時候，我也很懊惱。因為我認為，無論她遭受到怎樣的誤解，死都不成理由。死是拒絕一切理解。這是誰都無法原諒的。」

菊治沉默不語，內心思忖著，原來文子也碰觸到死的奧祕。

「死是拒絕一切理解」，從文子口中聽到這句話，菊治深感意外。

以現在來說，菊治所理解的夫人與文子所理解的母親，就大相逕庭吧。

文子不知道母親身為女人的那一面。

對菊治而言，無論原諒或被原諒，他都陶醉在女體夢幻搖曳的波濤裡。

縱使面對這黑與紅的一對樂茶碗，菊治也有種如夢似幻飄飄然的感覺。

但文子對這樣的母親一無所知。

從母體誕生的小孩不懂母體，似乎是有點微妙的事，但母體的型態卻也微妙地轉到女兒身上。

文子在玄關迎接菊治時，菊治便感受到一種柔情，這也是因為文子柔和的圓臉上，看到她母親的影子。

若夫人是在菊治身上看到他父親的影子而犯下錯誤，那麼菊治覺得文子神似她母親，也是一種令人戰慄的咒縛，偏偏菊治就是被吸引了過去。

他看著文子那小巧微突的乾裂下唇，覺得無法和這個人爭辯。

究竟要做什麼事，這位小姐才會抵抗呢？

菊治心有所感地說：

「妳母親也是個善良的人，所以才活不下去吧。但是，我對妳母親很殘酷，有時會把自己道德上的不安，殘酷地發洩在妳母親身上。因為我是個懦弱又卑怯的人……」

「是我母親不好。她太糟糕了。但是她和你父親的事，或是和你的事，我都難以認為是她性格使然。」

文子說得吞吞吐吐，臉紅了起來，血色比剛才好了些。
她像是要避開菊治的目光，稍微別過臉去，低下頭。
「可是，母親過世的隔天起，我越來越覺得她很美。不是我主觀覺得，而是她自己變美了。」
「對死者來說，兩者都一樣吧。」
「她也許是受不了自己的醜陋而死的……」
「我不認為是這樣。」
「還有就是，太痛苦了，無法忍受。」
文子眼眶泛淚。她可能想說母親對菊治的愛吧。
「過世的人已經是我們內心的所有物，好好珍惜吧。」菊治說：「只是大家都死得太早了。」
文子明白，菊治是在說彼此的父母。
「妳我都是獨生子女。」菊治又說。

說出這句話，菊治才意識到，如果太田夫人沒有文子這個女兒，自己可能會因與夫人的事，陷入更黑暗扭曲的情緒裡。

「聽說妳曾經對我父親很好。是妳母親跟我說的。」

菊治終於說出口了，而且自認說得很自然。

他覺得可以和文子聊聊，父親把太田夫人當情婦時，經常出入她家的事。

但文子卻突然雙手抵地說：

「請原諒我，因為我母親那時實在太可憐了……。從那時候起，她就已經快死了似的。」

文子說完，胸部趴在榻榻米上，動也不動地哭了起來，雙肩癱軟無力。

由於菊治來得突然，文子來不及穿襪子，縮著身子，宛如要把赤裸的腳底藏在身下。

披散在榻榻米上的秀髮，差點碰到赤樂的筒狀茶碗。

不久她雙手摀著哭泣的臉走了出去。

過了好一陣子都沒回來，因此菊治說：

「那我今天就此告辭了。」

菊治說完便走向玄關。

此時文子抱著布包走來。

「這是要給你的，請你帶回去。」

「啊？」

「志野的水指。」

原來她把花拿出來，倒掉裡面的水，擦乾，放進盒子裡，用包袱巾包起來了。菊治對於她的速度之快，深感驚訝。

「我今天就能帶回去啊？剛才不是還插著花？」

「請你帶回去吧。」

菊治心想，文子可能過於傷心，才會動作這麼快。

「那我就帶回去了。」
「我也可以送去府上給你，可是我不能去。」
「為什麼？」
文子沒有回答。
「那麼，請保重。」
菊治要走出去時，文子說：
「謝謝你。請你不要在意我母親的事，趕快結婚。」
「妳在說什麼呀。」
菊治回頭。文子沒有抬起臉。

三

菊治將志野水指帶回家後，依然插入白玫瑰與淡色康乃馨。

他覺得自己好像在太田夫人過世後，才愛上夫人。

而且自己的這份愛，是藉由夫人的女兒文子才確切意識到。

星期天，菊治打電話給文子。

「妳果然還是一個人在家嗎？」

「是啊，實在太寂寞了。」

「老是一個人是不行的。」

「是啊。」

「妳家靜悄悄的，只要有點動靜，我在電話裡都能聽見呢。」

文子莞爾一笑。

「找朋友來家裡聊聊天吧？」

「可是我怕一旦有人來，會知道我母親的事……」

菊治不知如何應答。

「妳一個人也不敢外出吧？」

「沒這回事。我門一鎖就可以出門喔。」

「那妳再來我家坐坐吧。」

「謝謝你的邀請，改天吧。」

「身體情況如何？」

「瘦了些。」

「睡得著嗎？」

「夜裡幾乎睡不著。」

「這可不行。」

「最近我可能會把這裡收拾一下，然後去朋友家租個房間住。」

「最近？什麼時候？」

「把這裡賣了以後。」

「賣房子？」

「是啊。」

「妳打算賣掉妳家的房子？」
「是啊。你不認為賣掉比較好嗎？」
「呃，這個嘛。我也想賣掉我家的房子呢。」
文子靜默不語。
「喂？這種事在電話裡講不清楚。今天星期天我在家，妳要不要來？」
「好。」
「妳送給我的志野，我插上了西洋花。如果妳來的話，可以把它當水指用……」
「沏茶……？」
「倒也不是。只是不把這個志野當一次水指用，實在太可惜了。況且茶具還是要和其他茶具搭配，才能互相輝映，展現出它真正的美。」
「可是今天，我比上次你見到我的時候，更加憔悴寒酸，所以今天我就不去了。」

「又沒有別的客人來。」

「可是……」

「這樣啊。」

「再見。」

「請多保重。好像有人來了，改天再聊。」

來客是栗本千花子。

菊治一臉緊繃，不曉得千花子有沒有聽到剛才的電話。

「真是快把我悶壞了。難得好天氣就出來走走。」

千花子一邊寒暄，其實已經盯上志野水指。

「馬上就要夏天了，茶道會閒一陣子，所以想來你家的茶室坐坐……」

千花子將帶來的伴手禮和菓子，連同扇子拿出來。

「茶室又有霉味了吧？」

「有可能。」

「那是太田家的志野吧。借我看一下。」
千花子說得若無其事，往花那裡走去。
當她雙手抵在榻榻米上，低下頭去，骨架粗大的雙肩聳起，姿態像是要噴毒。
「你買下的？」
「不，是送我的。」
「送你這個？居然送這麼珍貴的東西。是遺物紀念品嗎？」
千花子抬起頭，轉過身來又說：
「這麼名貴的東西，還是用買的比較好。如果是太田小姐送的，那就很可怕了。」
「哦，我會想想看。」
「你要想清楚。太田家很多茶具都到這裡來了，可是你父親都用買的喔。就算開始照顧太田太太之後也……」

「我不想聽妳說這種事。」
「好啦，好啦。」
千花子忽然輕鬆地起身走了出去。
只聽見她在那邊跟女傭說話。過了片刻，她穿著烹飪服出來。
「太田太太是自殺的吧？」
千花子冷不防地說。
「不是。」
「這樣啊？我可是馬上就反應過來了。那個太太身上有一股妖氣。」
千花子看著菊治繼續說：
「你父親也說過，她是個難以捉摸的女人。不過，看在我們女人眼裡又不同了，她總是裝出一副天真爛漫的樣子。我跟她合不來。她總是黏答答的……」
「請妳不要說死者的壞話。」

「說的也是。可是死人居然也來阻撓你的婚事不是嗎？你父親也受了她很多折磨呢。」

菊治暗忖，受折磨的是妳千花子吧。

父親和千花子只是短暫的逢場作戲，也不是因為太田夫人而甩掉千花子，但父親一直到死都和太田夫人在一起，千花子不曉得有多恨她。

「像你這樣的年輕人，根本無法理解那個太太。死了不是更好？我說真的。」

菊治撇過頭去。

「居然連你的婚事都要來阻撓，實在太過分了。她一定覺得不好意思，偏偏又抑制不了自己的魔性，所以才尋死。像她那種人，一定認為死了可以見到你父親。」

菊治不寒而慄。

千花子走下庭院說：

「我去茶室靜靜心。」

菊治依然坐著看花，看了片刻。

白色與淡紅的花色，和志野的肌膚顏色，朦朧地合而為一。

此時他腦海浮現，文子獨自在家哭倒的身影。

母親的口紅

一

菊治刷完牙，回到臥房，女傭已將牽牛花插在牆上的葫蘆壁掛花瓶裡。

「今天我會起床喔。」

菊治說完又窩進棉被。

他仰躺在床，將枕上的頭歪向一邊，看著掛在壁龕一隅的花。

「已經開了一朵。」

女傭說完便退到隔壁房間。

「今天也要請假嗎？」

「嗯，還要再請一天假。不過我會起床喔。」

菊治感冒頭痛，已向公司請了四、五天假。

「這是哪來的牽牛花？」

「長在院子邊上，纏繞著蘘荷，開了一朵。」

可能是自生自長的吧。花色是尋常的藍色，纖細蔓藤上的花與葉都很小。

但插在朱漆烏黑的古老葫蘆裡，綠葉藍花下垂，顯得清爽雅緻。

父親在世時，這名女傭就在家幫忙，這種事不用吩咐她也會做。

這個壁掛花瓶可見紅漆褪色的花押[1]，老舊盒子上也有「宗旦」[2]二字。倘若屬實，這葫蘆是三百年前的東西。

菊治不懂茶道的花藝，女傭當然也不見得懂。但若是早晨的茶會，菊治

1 花押，代替署名的圖案。

2 千宗旦（1578-1658），江戶前期茶人，千利休之孫。貫徹侘茶精神，提倡茶禪一味。

覺得牽牛花或許也很適合。

想到傳世三百年的葫蘆，居然插著一個早晨便會枯萎的牽牛花，菊治不禁又多望了片刻。

這果然比三百年前的志野水指插上西洋花更適合吧？

不過插牽牛花究竟能撐多久，菊治也感到不安。

女傭伺候菊治吃早餐時，菊治對她說：

「那牽牛花，我還以為看著看著就會枯萎，好像也不會耶。」

「這樣啊。」

菊治想起，一度打算在文子送他當母親紀念品的志野水指，插入牡丹花。

雖然拿到水指時，牡丹花期已過，但當時應該還可以找到一些。

「我都忘了我們家還有那個葫蘆呢。妳居然能找出來。」

「嗯。」

「妳看過我老爸在葫蘆裡插牽牛花？」

「沒有。我只是覺得牽牛花和葫蘆都是藤蔓類，所以試試看……」

「咦？藤蔓類……」

菊治笑了，茫然若失。

報紙看著看著，頭沉重了起來，菊治便在飯廳躺下。

「床還鋪著吧。」

菊治如此一說，女傭擦乾濕手走來。

「我先去打掃一下。」

之後菊治去臥房一看，壁龕的牽牛花不見了。

葫蘆花瓶也沒掛在壁龕裡。

「嗯？」

菊治心想，女傭可能不想讓他看到快枯萎的花吧。

雖然女傭說牽牛花和葫蘆皆屬藤蔓類，菊治笑了出來，但也覺得父親在生活上一些規矩，想必也留在這女傭身上。

但是，志野水指卻放在壁龕中央，沒有收起來。

這要文子來了看到，一定會認為不受珍視。

菊治從文子那裡帶回這個水指，立刻插入白玫瑰與淡色康乃馨。因為文子在母親的骨灰罈前，也是如此擺飾。那些白玫瑰和康乃馨，是文子母親頭七那天，菊治送的花。

那天菊治抱著水指回來的路上，又去昨天請店員送花去文子家的同一家花店，買了同樣的花回來。

可是後來一碰到水指，菊治就心跳加速，再也無法插花。

即使走在路上，看到中年女人的背影，也會猛地被強烈吸引。意識到這點後，菊治曾神色黯然地低語：

「我簡直是罪人。」

仔細一看，那背影根本不像太田夫人。

只有豐滿的腰身像夫人。

菊治赫然感到戰慄般的渴望。但在同一個瞬間，甜美的陶醉與驚恐重疊，也使他從犯罪的瞬間醒來。

「究竟是什麼把我變成罪人？」

菊治宛如要用掉什麼似地說，但取代答案的，只有越來越想見夫人。

他經常能栩栩如生地感受到觸摸死人肌膚的感覺，若不逃離這裡，覺得自己恐怕沒救了。

他也想到，可能是道德上的苛責，使得官能變得病態。

菊治將志野水指收入盒裡，便鑽進被窩。

他看著庭院，雷聲大作。

雷聲雖遠，但是很響，而且每響一聲就更加靠近。

閃電也開始掃過庭院樹木。

但驟雨先來，雷聲倒是遠離了。

猛烈的傾盆大雨，濺起了庭院泥水。

菊治離開被窩，打電話給文子。

「太田小姐已經搬家了喔……」對方說。

「啊？」菊治驚愕。

「不好意思。所以……」

菊治心想，文子賣掉房子了。

「請問，妳知不知道她搬去哪裡？」

「哦，請稍等一下。」

對方似乎是女傭。

她很快又回來講電話，像是唸寫在紙上的東西，將住址告訴菊治。

那個地方叫「戶崎方」，也有電話。

於是菊治打電話去。

文子語氣開朗地說：

「讓你久等了。我是文子。」
「文子小姐？我是三谷，我剛才打電話去你家喔。」
「對不起。」
她壓低嗓音，語調頗像她母親。
「妳是什麼時候搬家的？」
「這個嘛……」
「不能告訴我嗎？」
「我前些日子就住進朋友家了。我家已經賣掉了。」
「哦。」
「我一直猶豫要不要告訴你。起初我打算不要告訴你，也認為不該告訴你。不過最近因為沒告訴你，感到內疚。」
「妳當然要內疚。」
「哎呀，你也覺得我應該告訴你？」

聊著聊著，菊治覺得神清氣爽，彷彿身心被洗滌了。原來在電話裡也能有這種感受？

「每次看到妳送我的志野水指，我就很想見妳。」

「哦？我家還有一個志野喔，是個小型的筒狀茶碗。那時，我原本想和水指一起送給你，但我母親平常拿它當茶杯用，而且茶碗邊上還沾染了她的口紅……」

「啊？」

「我母親是這麼說的。」

「妳母親的口紅就沾在陶器上沒擦掉？」

「也不是沒擦掉。這個志野小茶碗，原本就是淡紅色，母親說口紅一旦沾到茶碗邊就很難擦掉。她過世後，每當我看到那個茶碗邊，就覺得有個地方特別紅。」

文子是說得若無其事嗎？

菊治聽不下去，轉移話題。

「我這邊驟雨下得很猛，妳那邊呢？」

「傾盆大雨。雷聲很恐怖，現在變小了。」

「這場雨下完後，應該會很清爽吧。我請假在家待了四、五天，今天也在家。可以的話，來我家坐坐吧。」

「謝謝。就算去，我也打算找到工作再去。我想出去工作。」

沒等菊治回答，文子卻又說：

「謝謝你打電話來，我很高興，所以我待會兒就去你家。雖然我已經不該再和你見面……」

菊治叫女傭收起床鋪，等待驟雨過去。

想不到結果把文子叫到這裡來，菊治自己也很驚訝。

但自己與太田夫人之間的罪孽陰影，竟然因為聽到她女兒的聲音，反而消失得一乾二淨，這更是菊治萬萬沒料到的。

難道是女兒的聲音，讓他覺得母親還活著？

菊治準備刮鬍子，將沾了肥皂的刷子在庭院樹葉間甩了甩，讓雨滴沾濕刷子。

晌午過後，菊治以為文子來了，到玄關一看，竟是栗本千花子。

「哦，是妳啊。」

「天氣變熱了。很久沒來看看你了。」

「我身體有點不舒服。」

「這可不行。你氣色不太好。」

千花子皺起眉頭，看著菊治。

菊治心想，文子應該會穿洋裝來，聽到木屐聲竟誤以為是文子，不禁覺得好笑，然後看著千花子說：

「妳去裝假牙嗎？看起來變年輕了。」

「趁著梅雨季有空嘛……有點太白了，不過很快會變色，沒關係。」

千花子行經菊治的臥房時，看向壁龕。

「什麼都沒有，很清爽吧。」菊治說。

「也是，畢竟是梅雨季嘛，不過至少插個花……」

千花子轉過身來又說：

「太田家的志野呢？」

菊治靜默不語。

「那個還是退還比較好。」

「這是我的自由。」

「不見得喔。」

「至少，輪不到妳來下指令吧。」

「這也不見得喔。」

千花子露出白假牙笑了笑又說：

「我今天來，就是要對你提出意見。」

語畢，她忽然張開雙手，擺出像要趕走什麼似的姿勢。

「必須把魔性驅逐出這間房子……」

「妳別嚇人了。」

「不過，我作為媒人，今天要對你提出要求。」

「如果是稻村小姐的事，謝謝妳的好意，我拒絕。」

「哎呀，哎呀。因為不喜歡媒人，就捨棄中意的親事，氣量未免太小了。媒人是橋樑，你儘管踩在橋上走過去就好。你父親也是這樣不客氣地利用我。」

菊治一臉不悅。

千花子有個毛病，話說得起勁就會聳起肩膀。此刻她又聳起肩膀說：

「這也難怪。畢竟我和太田太太不一樣。我微不足道。這種事也沒什麼好隱瞞的，跟你說也無所謂。很遺憾的，我根本進不了你父親外遇的數字裡。轉眼間就結束了……」

千花子低下頭去。

「可是，我並不恨你父親喔。從那之後，只要我派得上用場，他就不客氣地利用我……。男人嘛，很會支使有過關係的女人。我也托你父親之賜，擁有了世間的健全常識。」

「嗯。」

「所以，你就利用我健全的常識吧。」

菊治覺得她說的也有道理，心情放鬆了許多。

千花子從腰帶抽出扇子。

「太過男人氣，或太過女人味，就無法養成健全的常識。」

「哦？意思是常識是中性的。」

「你這是在挖苦我嗎？可是，人一旦變成中性，男人和女人的心理都可以看得很清楚哦。你有沒有想過？太田家只剩一母一女，為什麼她捨得拋下女兒去死？依我看來，她搞不好在指望一件事，就是自己死後，你會照顧她女兒……」

「這什麼話！」

「我左思右想，忽然碰到這個疑問。我猜太田太太是以死來阻撓你的婚事。那絕非單純的死，一定有問題。」

「這只是妳胡亂猜測！」

菊治嘴上這麼說，內心卻被千花子的胡亂猜測揪住。

恍如一道閃電掠過。

「菊治，你有把稻村小姐的事，告訴太田太太吧？」

菊治想起這件事，但佯裝沒有。

「是妳打電話給太田太太，把我的事告訴她吧？」

「對啊，我是有打電話給她，叫她不要阻撓你的婚事。她就是那天晚上死的。」

沉默降臨。

「可是，你怎麼知道我打電話給她？她來向你哭訴嗎？」

菊治冷不防被將了一軍。

「沒錯吧。她還在電話那頭尖叫呢。」

「這麼說的話，等同是妳殺了她吧。」

「你這麼想，會覺得比較輕鬆吧。反正我已經習慣當反派角色了。你父親把我調教成，在必要的時候，扮冷酷反派角色的女人。雖然不是為了報恩，但我今天是以反派角色來的。」

聽在菊治耳裡，千花子像在傾吐根深柢固的嫉妒與憎恨。

「至於內幕，我就當作不知道……」

千花子的眼神像在看自己的鼻子。

「你儘管臭一張臉，認為我是好管閒事惹人厭的女人……。不久之後，我會趕走魔性的女人，為你締結良緣。」

「妳就不能不提良緣的事嗎？」

「好好好。我也不想把這個和太田太太的事扯在一起。」

千花子放緩語調繼續說：

「其實太田太太也不是壞人……。自己死了，默默無言地祈求把女兒許配給你……」

「又在胡說八道。」

「可是，事情就是這樣啊。難道你認為，她活著的時候，從來沒想過，要把女兒許配給你？如果你這麼認為，那你也太傻了。不管睡著醒著，她想的只有你父親一個人，簡直像著魔似的，說純情也是純情啦。可是迷迷糊糊中，居然把女兒也捲進來，最後還賠上性命……。但以旁觀的角度看，那簡直像可怕的作祟或詛咒，被魔性之網給網住了。」

菊治與千花子四目相交。

千花子惡狠狠地睜大她的小眼睛，將眼球往上眼瞼推。

菊治無法避開她的目光，只好別過臉去。

每當千花子滔滔不絕，菊治就畏縮退怯，起初是因為自己有弱點，後來是被千花子的詭異論調嚇到。

過世的太田夫人，真的期望女兒文子和菊治結合嗎？菊治想都沒想過，而且不相信。

這只是千花子的嫉妒在噴毒吧。

就像黏在千花子胸部那塊醜陋的胎記，是胡亂猜疑吧。

但這詭異的論調，對菊治而言卻如一道閃電。

菊治相當驚恐。

難道自己不曾希望如此？

母親亡故後，移心於女兒，世間並非沒有這種事。但還陶醉在母親的擁抱裡，卻又不知不覺傾心於女兒，而且自己都沒察覺的話，不就成了魔性的俘虜？

如今菊治回想起來，遇見太田夫人後，自己的個性似乎完全變了。

如今好像麻木了。

女傭來通報：

「太田小姐來了。她說如果有客人，改天再來……」

「哎呀，她走了嗎？」

菊治起身走出去。

二

「剛才……」

文子伸著白皙細長的頸項，仰望菊治。

從喉嚨到胸部的凹陷處，有淡黃色陰影。

可能是光線的關係，或憔悴的緣故，菊治看到這淡淡的陰影，感到放鬆安詳。

「栗本來了。」

菊治坦率地說。他走出來的時候，心中有些疙瘩，看到文子之後，心情反而變輕鬆了。

文子點頭說：

「我有看到老師的陽傘……」

「哦，是這把蝙蝠傘[3]嗎？」

一把傘柄很長、鼠灰色的蝙蝠傘，靠在玄關牆邊。

「不然這樣，妳在偏屋的茶室等一下好嗎？栗本那個老太婆馬上就會走了。」

菊治說著也不禁自我懷疑，明知文子要來，為何不把千花子趕走？

3 蝙蝠傘，以金屬骨架製作成的黑色西洋傘，撐開時很像蝙蝠飛翔，於明治初年得名。為了和日本傳統使用木頭、竹子做骨架的紙傘做出區別，也稱西洋傘或洋傘。

「我無所謂……」

「這樣啊。那麼請進。」

文子似乎不知道千花子的敵意，來到客廳，向千花子打招呼。

同時也感謝千花子來吊唁她母親。

千花子則宛如在看弟子練習茶道時，稍稍揚起左肩，昂首挺胸地說：

「妳母親也是很善良的人。在善良人難以生存的世上，像最後一朵花凋謝了。」

「她沒有那麼善良喔。」

「留下文子妳一個人，她想必很牽掛吧。」

文子低頭垂下眼簾。

微突的下唇，抿得很緊。

「妳一定很寂寞吧，不久就可以來茶道教室了。」

「哦，我已經……」

「可以忘憂解悶喔。」

「我已經沒有資格學茶道了。」

「說這什麼話。」

千花子鬆開疊在膝上的手說：

「其實啊，梅雨季好像結束了，我今天是來讓茶室通通風。」

千花子語畢，瞥了菊治一眼。

「文子也來了，你覺得如何？」

「啊？」

「讓我用妳母親的遺物，那個志野……」

文子抬頭看千花子。

「也來聊聊妳母親的往事吧。」

「可是我不想在茶室哭。」

「想哭就哭，沒關係的。不久菊治有了妻子，我也不能隨便進入那間茶室了。儘管是滿懷回憶的茶室……」

千花子笑了笑，然後一本正經地說：

「如果菊治和稻村雪子小姐的婚事敲定的話……」

文子點點頭，不露聲色。

但那酷似母親的圓臉，看得出憔悴之色。

菊治開口了：

「說這種還沒決定的事，會給對方添麻煩。」

「所以我說如果敲定的話嘛。」

千花子頂回去，接著又說：

「畢竟好事多魔[4]，所以在還沒敲定之前，文子妳也當作沒聽到吧。」

「好的。」文子再度點頭。

千花子叫來女傭，便起身去打掃茶室。

「這個樹蔭下的落葉還濕濕的，要小心喔。」

庭院傳來千花子的聲音。

三

「早上的電話裡，這裡的雨聲大到妳也聽得到吧。」菊治說。

「電話裡也能聽到雨聲？我倒是沒留意。這個庭院的雨聲，電話裡聽得到嗎？」

文子看向庭院。

樹叢那裡傳來千花子打掃茶室的聲音。

菊治也望向庭院。

「我也不認為妳那裡的雨聲有傳進電話裡，不過後來我有這種感覺。那

4 原文用「魔」字，典出《琵琶記》。

場雨實在太大了。」

「是啊，雷聲好可怕……」

「對啊對啊，妳在電話裡也這麼說。」

「我連這種微不足道的地方，都很像我母親。每當一打雷，母親就用衣袖裹著我小小的頭。夏天外出時，母親常望著天空說，今天不曉得會不會打雷。現在只要打雷，我有時也會用衣袖捂著臉。」

文子從肩膀到胸口，隱約露出羞澀之色。

「我帶那個志野茶杯來了。」

文子說完起身走出去。

回來客廳後，她將包好的茶碗，放在菊治膝前。

但菊治有些猶豫，文子便將它拉過來，從盒子裡取出茶碗。

「那個樂燒的筒狀茶碗，妳母親也是當茶杯用。是了入燒製的嗎？」菊治說。

「是啊。可是她說黑樂和赤樂，無論拿來喝粗茶或煎茶，色澤都不好看，所以經常用這個志野的。」

「說的也是。用黑樂完全看不出粗茶的顏色……」

菊治不想伸手去拿這個志野筒狀茶碗。

「可能不是什麼上好的志野。」

「呃，不……」

但菊治還是沒有伸出手。

就如今晨文子在電話裡說的，這個志野的白釉隱約透出微紅。仔細端詳之際，紅色似乎從白釉裡浮現出來。

茶碗口變成舒服的淡茶色，有個地方的淡茶色特別深。

這裡可能是喝茶的就口處吧？

看似沾了茶垢，但也有可能是嘴唇抵在這裡而變髒的。

仔細再看這個淡茶色，果然也有些紅紅的。

就如今晨文子在電話裡說的，是她母親的口紅滲入的痕跡嗎？

菊治如此一想再細看，發現表面的細微裂痕也有茶色和紅色的混合色澤。

那像是口紅褪色的顏色，也像紅玫瑰凋零的顏色——而且也像沾上了血跡變舊的顏色，菊治想到這裡，一種詭異的感覺湧上心頭。

他感到噁心反胃的齷齪，同時也感到飄飄欲仙的誘惑。

茶碗的碗身黑中帶青，畫了一些寬葉草。葉片透出些許紅鏽色。這些草畫得單純健康，彷彿要冷卻菊治的病態官能。

茶碗的造型也凜然端莊。

「很不錯耶。」

菊治說完，終於拿起這個茶碗。

「我不太懂茶陶，不過我母親喜歡把它拿來當茶杯用。」

「這很適合當女人的茶杯。」

菊治從自己的話裡，又感受到文子母親是栩栩如生的女人。

但話說回來，文子為何帶這個沾上母親口紅的志野茶碗，來給自己看呢？

菊治不懂文子是天真？抑或遲鈍？

但文子有種毫不抵抗的態度，似乎也傳給了菊治。

菊治在腿上轉動茶碗，細細端詳，但避免摸到就口處。

「請收起來吧。不然被栗本老太婆看到，不曉得又要說什麼，她很囉唆。」

「好的。」

文子將茶碗放進盒子裡，用包袱巾包起來。

她打算拿來送給菊治，但似乎沒機會說。也或許認為菊治不喜歡這個茶碗。

她起身，又將這個包裹放回玄關。

千花子從庭院，彎著身子走上來。

「把太田家的水指拿出來吧？」

「用我們家的東西怎麼樣？而且太田小姐也來了……」

「你在說什麼呀？就是因為文子來了才要用啊。我們要用那個志野遺物，好好聊聊她母親的往事。」

「可是，妳恨太田太太吧。」菊治說。

「我怎麼會恨她？我只是跟她個性不合。恨一個死掉的人有什麼用。但是，因為我跟她合不來，所以我不太了解她。不過從另一個方面來說，我反而能看穿她喔。」

「看穿別人，似乎是妳的癖好……」

「那就別被我看穿就好。」

文子來到走廊，坐在門檻邊。

千花子揚起左肩，回頭對文子說：

「文子，可以用妳母親的志野吧？」

「嗯，請用。」文子回答。

菊治取出剛才收入壁櫥的志野水指。

千花子將扇子插進腰帶，捧著裝水指的盒子，前往茶室。

菊治也來到門檻邊說：

「今天早上，我在電話裡聽說妳搬家了，嚇了一跳。房子的事和其他的事，都是妳一個人處理的？」

「是啊。不過因為賣給了一個熟人，所以很簡單。那個人暫住在大磯，原本說他的房子很小，問我願不願意和他交換。可是不管房子再小，我也無法一個人住啊。我要上班，還是租房子住比較輕鬆。所以暫住在我朋友家。」

「找到工作了嗎？」

「還沒。忽然要找工作，但我又沒有一技之長……」

文子微微一笑，繼續說：

「我原本打算找到工作再來拜訪你。我現在沒有家，沒有工作，漂泊不定，這種時候來見你實在很悲哀。」

菊治很想說，這種時候才好。覺得文子一個人孤零零的，但又不像寂寞的樣子。

「我也想賣掉這棟房子，卻一直拖拖拉拉。但就是因為想賣，所以屋簷的排水管才沒修，榻榻米也如妳看到的，都沒有換。」

「不久你就要結婚了吧。到時候再……」文子率直地說。

菊治看著文子，

「栗本說的婚事嗎？妳認為我現在結得了婚？」

「是因為我母親的關係……？如果我母親讓你這麼傷心，我覺得她的事已經可以成為往事了……」

四

千花子已是茶道老手，很快就把茶室準備好了。

「怎麼樣？布置得和水指很搭吧？」

即使千花子這麼問，菊治也不懂。

由於菊治沒有回答，文子也默不作聲。兩人都看著志野水指。

這個水指原本擺在太田夫人骨灰罈前當花瓶用，此刻回歸水指應有的作用。

原本是太田夫人手上的東西，現在栗本千花子在使用。太田夫人死後，交到女兒文子手上，文子又將它交到菊治手上。

真是命運奇妙的水指。但也許茶具的命運大多如此吧。

在太田夫人是物主之前，這只水指製成後的三、四百年間，不知在多少不同命運的人手中流轉至今。

「放在茶爐和鐵釜旁，這個志野看起來更像美人了。」菊治對文子說：「可是，有不輸給鐵的堅毅姿態。」

這個志野水指的白釉肌膚，從深處靜靜地散發光澤。

菊治曾在電話裡對文子說，看到這個志野水指就很想見她，可能是她母親的白皙肌膚，也蘊含著女人深深的堅毅吧。

由於天氣很熱，菊治先把茶室的拉門打開了。

文子坐的地方，背後窗外楓樹青翠。楓葉的茂密投影，落在文子秀髮上。

文子細長頸項以上的部分，都在明亮的窗框裡。她穿著短袖衣服，第一次露出的手臂白裡透青。身材明明不胖，肩膀卻顯得渾圓，手臂也圓潤。

千花子也望著水指，

「果然水指還是得用在茶道上，否則無法展現它的靈動。拿來插西洋花太可惜了。」

「我母親也是用來插花喔。」文子說。

「妳母親的遺物水指，居然跑到這裡來，簡直像在做夢一樣。不過妳母親一定也很高興吧。」

千花子這話或許想挖苦她。

但文子雲淡風輕地說：

「我母親把這個水指拿來當花瓶用，而且我也不想再學茶道了。」

「別這麼說。」

千花子環顧茶室，接著說：

「我去過很多茶室，果然還是坐在這個茶室裡，最能心平氣和。」

然後她看向菊治又說：

「明年你父親過世五週年，忌日那天辦個茶會吧。」

「說的也是。擺出各式各樣的贗品茶具，請一些客人來，或許很愉快。」

「你在說什麼呀。你父親的茶具，沒有一個是贗品。」

「真的嗎？可是全部贗品的茶會，一定很有趣。」

菊治接著對文子說：

「我總覺得這個茶室裡，籠罩著一種帶著霉味的毒氣。如果能辦一場全是贗品的茶會，說不定能驅散毒氣。用這個給我老爸做功德，跟茶道斷絕關係。雖然早就斷絕關係了……」

「你的意思是，我這個討厭的老太婆，常來這個茶室喘口氣嗎？」

千花子迅速地攪動茶筅[5]。

「也可以這麼說。」

「話可不能這麼說喔。不過締結了新緣，舊緣就可以斷了。」

千花子將茶端到菊治面前。

「文子，聽了菊治這番玩笑話，妳母親的遺物似乎找錯歸宿了。我看到這個志野水指，就覺得妳母親的臉映在上面呢。」

菊治喝完茶，放下茶碗，倏地看向水指。

千花子的身影，或許就映在那漆黑的水指蓋上。

但文子卻心不在焉的樣子。

菊治不懂，她是不想反抗千花子？或無視千花子？

文子沒有露出不悅之色，和千花子進入這個茶室坐在一起也是奇妙的事。

縱使千花子提起菊治的婚事，也看不出文子有什麼芥蒂。

千花子從以前就憎恨文子這對母女，說的話字字句句都在侮辱文子，但文子都沒有露出反感之色。

難道文子沉浸在深深的悲傷裡，所以這一切都只是從表面流過？

5 茶筅，由一截竹筒經精細切割製成，形如竹刷，用以在點茶過程中攪拌茶湯，使其刷出綿密細緻的泡沫，以提升抹茶濃郁風味。

喪母之痛，超過這一切？

抑或繼承了母親的個性，不抵抗自己也不抵抗別人，像個不可思議的純潔少女？

但菊治似乎也沒盡力守護文子，免受千花子的憎恨與侮辱。

當菊治意識到這一點，覺得自己才奇怪。

看到千花子最後自沏自飲的模樣，菊治也覺得奇怪。

千花子從腰帶掏出錶來看，

「這麼小的錶，老花眼實在看得很吃力……。把你父親的懷錶送給我吧。」

「他沒有懷錶。」

菊治斷然拒絕。千花子故意擺出悵然若失的表情，

「有啦。他生前常帶著懷錶。去文子家的時候，也常帶著懷錶去吧。」

文子低下頭去。

「是兩點十分嗎？兩根指針合在一起，看起來模模糊糊的。」

千花子霎時又一副很能幹的樣子說：

「稻村小姐幫我找了一群人，今天下午三點要學茶道。去稻村家之前，我先來這裡問問你的回覆，以便心裡有個底。」

「請妳明確地回絕稻村家。」

即使菊治這麼說，千花子依然嘻皮笑臉地矇混回答：

「好好好，明確地。真希望能讓我早點在這間茶室，教那群人茶道。」

「那就請稻村家買下這棟房子吧。反正我最近也想賣掉。」

「文子，我們一起走吧。」

千花子不理菊治，轉而對文子說。

「好。」

「我得趕快收拾一下。」

「我也來幫忙。」

「這樣啊？」

但千花子沒等文子，逕自往水屋走去。

「文子小姐，妳不用理她，不要跟她一起走。」菊治悄聲說。

文子搖搖頭，

「我會怕。」

「沒什麼好怕的。」

「可是我就是會怕。」

「那妳跟她走一段路，再回來。」

文子又搖搖頭，起身拉平夏服後面彎膝處的皺紋。

菊治差點伸手從下面扶她。

因為他看文子搖搖晃晃的，以為會倒下。文子霎時滿臉通紅。

剛才千花子說到懷錶時，她眼眶有些泛紅；此刻的羞怯宛如突然綻放的紅花。

文子抱著志野水指去水屋。

水屋裡傳出千花子沙啞的聲音：

「哎呀，妳果然把妳母親的東西拿來了？」

二重星[1]

一

栗本千花子來菊治家說，文子和稻村小姐都結婚了。

夏令時間八點半，天色還很亮，菊治吃完晚飯，躺在簷廊上看著女傭買回來的螢火蟲籠。泛白的螢火蟲光，不知不覺中多了黃光，天色也逐漸暗了。但菊治沒有起身點燈。

菊治向公司請了四、五天暑假[2]，去朋友坐落於野尻湖的別墅度假，今天才剛回來。

朋友已經結婚，也有了一個嬰孩。菊治沒有育嬰經驗，對於出生幾天了？長這樣算大還是小？完全沒概念，因此不知如何寒暄，只好說：

「這孩子發育得不錯嘛。」

不料太太回答：

「才沒有呢。剛出生的時候，小得好可憐喔。最近才像追進度似地長大了些。」

菊治在嬰兒面前揮揮手，

「還不會眨眼呢。」

「看是看得到，但眨眼還得過些時候。」

菊治以為這嬰孩已出生好幾月，其實才剛滿一百天。這也難怪這位年輕太太的頭髮稀疏，氣色不佳，還帶著產後的憔悴。

1 二重星，又名雙星（double star）。以肉眼看是一顆星，用望遠鏡看是兩顆非常接近的星。

2 日本企業的暑假並非法定假日，而是照習慣與企業內部規則，在八月中旬自行安排。

看著友人夫妻一切以嬰兒為中心，過著只照顧嬰兒的生活，菊治覺得自己像是個多餘的人。然而坐在回程的火車裡，菊治腦海裡卻縈繞著那溫順而消瘦的妻子模樣，明明已經憔悴得了無生氣，卻陶醉般的抱著嬰兒。朋友原本與父母兄弟同住，生下第一個孩子後，夫妻倆才搬到湖畔的別墅。妻子得以和丈夫過著小倆口的生活，因此才有這種恍惚陶醉的安心感吧。

菊治回家後，就連此刻躺在簷廊，憶起那位妻子的身影，都有一種堪稱神聖的哀愁的懷念。

此時千花子來了。

千花子大搖大擺地走進房間便說：

「我的天啊，你怎麼在這麼暗的地方。」

語畢逕自坐在菊治腳邊的簷廊上，又說：

「單身漢真可憐啊。躺下來都沒人為你開燈。」

菊治縮起雙腿，就這樣又躺了一會兒，後來厭煩地坐了起來。

「你就躺著吧。」

千花子以右手示意菊治躺下，然後鄭重其事地寒暄一番，說她去了京都，回程順道去了箱根。在京都的茶道宗師家，遇到茶具店的大泉老闆。

「難得見面，我們聊了很多你父親的事。他說要帶我去看三谷先生和情婦投宿的旅館，就帶我去木屋町的一間小旅館。你父親和太田太太可能也住過這間旅館喔。大泉跟我說，妳可以住這裡呀。居然講這種少根筋的話。想到你父親和太田太太都過世了，我再怎麼樣不敢住在那裡，半夜陰森森的多恐怖。」

菊治沉默不語，內心暗忖，妳會說這種話才是少根筋吧。

「你也去了一趟野尻湖吧？」

千花子明知故問。她剛進門時就問過女傭了，而且沒讓女傭通報就逕自闖進來，這就是千花子的作風。

「我剛回來。」菊治不悅地回答。

「我三、四天前就回來了。」

千花子也一板一眼地說，然後揚起左肩繼續說：

「可是呢，我回來之後，才知道一件很遺憾的事。嚇了我一大跳。我實在太疏忽了，真的沒臉見你。」

千花子說，稻村小姐結婚了。

菊治滿臉驚愕，所幸簷廊昏暗看不出來。但他仍毫不在意地說：

「哦？什麼時候？」

「你倒是滿鎮定的嘛，一副事不關己的樣子。」千花子挖苦地說。

「因為關於雪子小姐的事，我從以前就頻頻表示拒絕啊。」

「那只是嘴巴上說說吧。你只是在對我擺臉色。一副打從一開始就沒意思，只是我這個愛管閒事的老太婆，在那裡擅作主張，糾纏不休，討厭死了。其實你內心覺得雪子小姐相當不錯。」

「聽妳在胡說八道。」菊治不屑地笑了笑。

「其實妳很喜歡她吧？」
「確實是不錯的小姐。」
「我早就看出這一點了。」
「就算是不錯的小姐，我也未必想跟她結婚吧。」
不過，菊治聽到稻村小姐結婚，心頭一驚，強烈飢渴似地想憶起她的容顏。

菊治只見過雪子兩次。
第一次在圓覺寺的茶會上，千花子為了讓菊治看看雪子，故意叫雪子沏茶。雪子那樸質高雅的沏茶儀態，以及新綠葉影映在她身後的紙拉門上，華麗振袖和服的肩上與袖子反射出柔和光芒，連秀髮也閃閃發亮，這個印象一直留在菊治心中，卻很難憶起雪子的容顏。唯獨當時的朱紅袱紗，還有前往寺院後方茶室時拿的繪有白色千羽鶴的桃紅縐綢布包，迄今依然鮮明浮現。
第二次是雪子來菊治家，那天由千花子沏茶。菊治到了翌日，仍覺得茶室裡殘留著雪子的香氣，以及那條鳶尾花圖案的腰帶至今仍歷歷在目，但很難掌握她的倩影。

連三、四年前過世的父母容貌，菊治都難以明確地描繪出來。看了照片才會恍然大悟地點點頭，確實是這個容貌沒錯。或許越是親密、心愛的人，越難描繪出來。而越是醜陋的東西，越容易明確地留在記憶裡。

雪子的雙眸與臉蛋，如光芒般是抽象的記憶；千花子的乳房，那塊覆蓋到心窩處的黑色胎記，如癩蝦蟆般成了具體的記憶。

儘管此刻簷廊昏暗，菊治看得出千花子穿著白色小千谷縮[3]的和服長襯衣。縱使在明亮的地方，應該無法透視她胸部那塊胎記，但菊治憑著記憶看得見那塊胎記。與其說昏暗看不見，不如說昏暗才看得見。

「既然你認為她是不錯的小姐，就不該錯過她吧。這世上可是只有一個稻村雪子小姐。你一輩子再也找不到同一個人喔。這麼簡單的道理，你居然還不懂。」

千花子語帶指責繼續說：

「你就是經驗淺薄，又太奢求啦。這麼一來，你和雪子小姐的人生都變了。因為她有意和你結為連理，結果嫁到別的地方去，萬一不幸的話，你很難說沒有責任吧。」

菊治沒有回答。

「你很仔細看過她了吧。要是幾年後，她後悔沒有跟你結婚而思念你，你於心何忍？」

千花子的聲音在噴毒。

就算雪子結婚了，千花子又為何要說這種廢話？

「那是螢火蟲籠啊？最近還有螢火蟲？」千花子探出頭去，「差不多是秋季蟲籠的季節了吧？居然還有螢火蟲，簡直像鬼火一樣。」

3 小千谷縮，指新潟縣魚沼區所織製的苧麻材質布料。

「可能是女傭買來的。」

「女傭這種人就是這種水準。如果你學茶道，就不會發生這種事了。日本是凡事講究季節的。」

經千花子這麼一說，螢火蟲的亮光確實有點像鬼火。菊治想起，在野尻湖畔已聽到秋蟲鳴叫。現在居然還有螢火蟲，確實不可思議。

「要是你有太太，就不會讓你做出這種過了季節的冷清之事。」

千花子突然又沉靜地說：

「我努力把稻村小姐介紹給你，是想為你父親效勞。」

「效勞？」

「對啊。可是你偏偏這樣，只會躺在暗處看螢火蟲，連太田家的文子都結婚了不是嗎？」

「她什麼時候結婚的？」

菊治嚇得像遭人暗算似的，比聽到雪子結婚更驚愕，完全來不及掩飾這份驚愕。連千花子也看得出他難以置信。

「我也是從京都回來才知道的，嚇得我目瞪口呆。兩個人像是商量好似的，忽然間就嫁出去了。年輕人真是太隨便了。」

接著千花子又說：

「知道文子出嫁時，我心想沒人會阻撓你的婚事了，想不到這已經是稻村小姐出嫁後的事。稻村家居然也讓我顏面掃地。不過這都怪你優柔寡斷喔！」

但菊治依然難以相信文子結婚了。

「看來太田太太，就算死了也在阻撓你結婚啊。不過文子既然結婚了，太田太太的魔性也從這個家退散了吧。」

千花子望向庭院繼續說：

「這樣就清爽多了，可以好好整理一下庭院的樹木。就連黑暗中都可以知道枝葉恣意亂長，陰森森的讓人覺得鬱悶。」

父親過世迄今四年，菊治從未請花匠來整修過。庭院裡的樹木確實恣意亂長，光是聞到白天餘熱散發的氣味也能知道。

「女傭沒在澆水吧。這種事你好歹也吩咐她一下。」

「不用妳多管閒事。」

儘管菊治對千花子說的每句話都皺起眉頭，但也任由千花子滔滔不絕。每次見到千花子，他總是這樣。

千花子說話雖然令人反感，但同時也想討好菊治，試探他的心意。菊治雖然已習慣她這種作風，但也會擺明地反彈，或是悄悄警戒在心。對此，千花子當然了然於心，但通常裝聾作啞，有時也會表露出她其實知道。但她很少說出菊治料想不到的討厭話，倒是常說出菊治會萌生自我厭惡的話。

今晚千花子來跟菊治說雪子和文子結婚一事，可能也是在刺探菊治的反應。但這麼做究竟目的為何？菊治覺得不能大意。千花子把雪子介紹給菊治，是為了讓文子遠離菊治，如今兩位小姐都結婚了，接下來菊治要怎麼想，已經沒有千花子置喙的餘地，她卻依然緊追著菊治的心思。

菊治想起身去打開房裡或簷廊的電燈。因為他忽然意識到，在黑暗中和千花子說話也太奇怪了，兩人並非這種親密關係。連整修庭園樹木這種事都要囉嗦，菊治只把它當作是千花子的作風，置若罔聞。可是為了開燈站起來，菊治又嫌麻煩。

千花子剛進來時，也提到開燈的事，但她自己也沒走去開燈。她對於這種小事向來很勤快，已經成了她習性，也是她行業的一部分。看來她已經不是那麼想伺候菊治。又或者，她年紀也大了，身為茶道老師也有些名望了。

「對了，這只是京都的大泉老闆要我傳話的。他說如果你有茶具要賣，希望能讓他處理。」

千花子語氣沉穩地繼續說：

「既然你跟稻村小姐的婚事吹了，如果你要振作，展開新生活，或許就不需要茶具了。自從你父親過世後，我在這個家就沒什麼用處，想想也令人感傷，茶室也只有我來的時候會通通風吧。」

此時菊治終於懂了。

千花子的目的很明顯。既然菊治和雪子的婚事告吹，她就放棄菊治了，最後只想和茶具店老闆聯手，把這裡的茶具弄出去。她可能在京都和大泉老闆談好了。

菊治與其惱火，不如說反而卸下了肩上的擔子。

「反正我也想賣掉這棟房子，到時候說不定會麻煩他。」

「畢竟從你父親那一代就有來往的人，還是比較令人安心。」千花子又補上這一句。

菊治心想，家裡的茶具，千花子知道得比自己更詳細。她說不定早已在心裡盤算過了。

菊治望向茶室那邊。茶室前方有棵很大的夾竹桃，開滿了白花。這是個昏暗的夜晚，黑得分不出天空與庭樹，唯有那裡呈現朦朧的白。

二

下班時間，菊治要走出公司的辦公室時，被叫回去接電話。

「我是文子。」聲音很小，聽不太清楚。

「我是三谷，請問您是？」

「我是文子。」

「哦，我知道了。」

「不好意思，打電話給你。有件事，不打電話向你道歉，可能會來不及。」

「啊？」

「是這樣的，我昨天寄了一封信給你，可是好像忘記貼郵票。」

「哦？我還沒收到……」

「我在郵局買了十張郵票，把信寄出去。回家一看，十張郵票還是整整十張。我可能恍神得太嚴重了。所以一直在想，在你收到信之前該怎麼向你道歉……」

「這種事，請不用介意……」

菊治邊回答邊尋思，這封信是要通知她結婚了吧。

「是要通知喜訊的信嗎？」

「啊……？我平常都打電話，寫信是第一次，所以一直猶豫著要不要寄出去，結果就忘記貼郵票了。」

「妳現在在哪裡？」

「公共電話亭，東京車站的……。外面有人在等著打電話。」

「公共電話啊？」

菊治不懂她為何要打公共電話，但還是說了一句：

「恭喜妳了。」

「咦……？托你的福，終於……。不過，你是怎麼知道的？」

「栗本跟我說的。」

「栗本女士……？她是怎麼知道的，好可怕的人。」

「反正妳以後也不會再見到栗本吧。上次在電話裡還聽到驟雨聲呢。」

「是啊，你這麼說過。那時我搬去朋友家住，也是猶豫著要不要跟你說，結果這次也是。」

「妳願意告訴我是最好的。我聽栗本說了以後，正猶豫要不要跟妳說恭喜呢。」

「如果就這樣銷聲匿跡會很寂寞。」

文子那快消失般的聲音，酷似她母親。

菊治忽然靜默不語，過了半晌才說：

「可是妳必須銷聲匿跡吧……」

「雖然是有點髒的六疊房間，但這是和工作同時找到的。」

「啊……？」

「大熱天的要去上班，很累。」

「說的也是。而且又剛結婚……」

「咦？結婚？你剛才說結婚？」

「恭喜妳了。」

「啊？我結婚？哎呀真討厭。」

「妳結婚了吧？」

「啊？我結婚？」

「妳不是結婚了嗎？」

「才沒有。你覺得我現在有心情結婚？前不久才碰到喪母之痛……」

「哦。」

「是栗本女士這麼說嗎？」

「是的。」

「為什麼她要這麼說？我真的不懂。你聽了就信以為真？」

文子彷彿也在對自己說。

菊治突然語調清晰地說：

「電話裡說不清楚，可以見個面嗎？」

「可以。」

「我去東京車站找妳，妳在那裡等我。」

「可是……」

「還是我們約在哪裡碰面？」

「我不想在外頭和你碰面，我去你家。」

「那我們一起去我家。」

「一起去你家，還是得先在外頭碰面吧。」

「妳不想來我的公司？」

「不想。我想一個人去你家。」

「這樣啊。好，那我這就回去。如果妳先到了，請自己先進去。」

文子從東京車站搭電車來，可能比菊治快抵達。但菊治覺得可能會和她搭同一班電車，便在車站人群裡邊走邊找。

結果文子還是先到了菊治家。

菊治到家時問女傭，女傭說文子在庭院，菊治便從玄關旁走去庭院。文子坐在白夾竹桃樹蔭下的石頭上。

千花子來過之後的四、五天，女傭都會在菊治回家前給花木澆水。庭院裡那個舊水龍頭還能用。

文子坐的石頭，底部看起來還濕濕的。若是濃綠的葉子襯上紅花，盛開的夾竹桃宛如烈日之花，但這裡開的是白花，顯得格外涼爽。群花輕柔搖曳，籠罩著文子的倩影。她穿的也是白棉衣服，翻領的領緣和口袋的袋口，都以深藍的布鑲邊。

夕陽從文子背後的夾竹桃上，照到菊治前面。

「歡迎妳來。」菊治親切地走過來。

菊治開口前，文子似乎想先說什麼，結果只說了一句：

「剛才在電話裡……」

她縮起雙肩，像要轉身似地站了起來。她可能以為，菊治這樣一直走過來，也許會握她的手。

「你在電話裡說了那種事，所以我才來的。來更正……」

「結婚的事？我也嚇了一跳。」

「哪一次……？」文子垂眼。

「哪一次？總之，聽說妳結婚時，和聽到妳沒結婚時，我兩次都很驚訝。」

「兩次都很驚訝？」

「這是當然的吧。」

菊治踩著踏腳石，邊走邊說。

「從這裡進去吧。其實妳應該進去等我的。」

菊治在簷廊坐下又說：

「前幾天，我旅行回來，在這裡休息的時候，栗本來了。在晚上。」

這時，女僕從屋裡呼喚菊治，可能是為了晚餐的事。菊治下班時，先打了電話交代女傭準備晚餐。菊治起身進去，順便換穿了一件上好的白麻紗服回來。

文子似乎也補過妝，等著菊治坐下。

「栗本女士是怎麼說的？」

「她只說，聽說妳結婚了……」

「你聽了就相信了？」

「因為我沒想到她會撒這種謊……」

「一點都不懷疑……？」

文子黑溜溜的眼睛，霎時含淚。

「我現在能夠結婚嗎？三谷先生，你認為我做得出這種事？我母親和我都很痛苦，也都很悲傷，而且這悲痛還沒消失……」

聽在菊治耳裡，彷彿她母親還活著。

「我母親和我都很依賴人，但我們都相信別人也會了解我們。難道這是在做夢嗎？自己心中的水鏡只映出自己……」文子語帶哽咽。

菊治沉默了片刻，

「記得前些時候我對妳說過，妳認為我現在結得了婚嗎？好像是驟雨那天……？」

「打雷那天……？」

「對。結果今天妳反過來對我說。」

「不是的，那是……」

「妳三番兩次說，我要結婚了吧。」

「可是，你的情況跟我完全不同。」

文子眼眶含淚，望著菊治，又說：

「你和我不同。」

「哪裡不同？」

「身分也不同……」

「身分……？」

「對，身分也不同。如果說身分不恰當，或許可以說處境的黑暗度吧。」

「也就是，罪孽的深度……？這我也一樣吧。」

「不一樣。」

文子用力搖頭，淚水奪眶而出。但那滴淚水，意外地從左眼尾流出，落在耳朵附近。

「如果是罪孽，我母親已經背負罪孽死了。可是，我不認為是罪孽。我認為那只是母親的哀愁。」

菊治低頭不語。

「罪孽或許不會消失，但哀愁會過去的。」

「可是妳說處境的黑暗，這會使妳母親的死蒙上陰影吧。」

「果然還是說哀愁的深度比較恰當。」

「哀愁的深度……」

菊治想說，和愛的深度一樣吧。但又作罷。

「撇開這些不說，你和雪子有在談婚事，和我不同。」文子將話題拉回現實，「栗本女士認為我母親在阻撓你的婚事。現在又說我結婚了，因為她也認為我礙事。我只能這麼想。」

「可是栗本說，稻村小姐也結婚了喔。」

文子霎時一臉驚愣，

「騙人……。這是謊言吧。這一定也是謊言。」

旋即她又用力搖頭說：

「這什麼時候的事？」

「稻村小姐結婚嗎？最近的事吧。」

「一定是騙人的。」

「因為她說雪子小姐和文子小姐都結婚了，我就更相信妳真的結婚了。」菊治低聲說：「可是雪子小姐說不定真的結婚了……」

「不可能。沒有人會在這麼熱的時候結婚。而且禮服那麼重，會汗流浹背。」

「說的也是。難道沒有人在夏天舉行婚禮嗎？」

「幾乎沒有……雖然也不見得……。不過婚禮大多會延到秋天……」

不知為何，文子濕濡的眼眸又溢出新淚水，滴落在腿上，自己凝視著淚痕。

「可是，栗本女士為什麼要撒這種謊？」

「我真是被她騙得團團轉。」菊治說。

但為何這會引發文子的淚水呢？

現在至少可以確認的是，文子結婚是一派謊言。

菊治如此懷疑，會不會雪子真的結婚了，千花子為了讓文子也遠離他，所以才說文子也結婚了。

但這樣菊治還是無法釋懷。他覺得雪子結婚八成也是謊言。

「總之，在知道雪子結婚是真是假之前，也無法知道栗本是不是在惡作劇。」

「惡作劇……」

「唉，就當她是惡作劇吧。」

「可是，如果我今天沒有打電話給你，我就變成已經結婚了。這是毒辣的惡作劇。」

此時女傭又呼喚菊治。

菊治拿著一封信，從裡面走回來。
「妳的信寄來了喔。沒有貼郵票……」
菊治說完，輕鬆地要拆信。
「不要！不要！請不要看……」
「為什麼？」
「反正別看就是。把信還給我。」
文子膝行靠近，想搶下菊治手中的信。
「還給我。」
菊治猛地將手藏在背後。
文子順勢將左手按在菊治腿上，伸出右手想搶信。由於左手和右手的動作相反，身體失去平衡，眼看就要倒在菊治身上時，她左手連忙往後撐住，右手使勁向前伸，想抓菊治背後的東西，但整個人向右扭，險些往前撲倒，側臉快碰到菊治的腹部。這時她竟柔韌輕盈地閃開了，連按在菊治腿上的左手也只是輕柔地觸到。她究竟是如何以這種輕柔的手勢，撐住那向右扭又前傾的上半身？

菊治眼見文子搖搖晃晃地就要撲過來，不禁身體僵直，但對文子那出人意外的柔韌度，又差點出聲驚呼。菊治覺得她是激烈的女人，不由得憶起她的母親太田夫人。

文子是在哪個瞬間閃過身體？又在哪裡放掉力氣？這是一種離奇的柔韌，似乎是女人本能的祕術。菊治以為文子的身體會重重地壓過來時，不料只有文子溫暖的香氣撲過來。

香氣強烈撲來。夏天從早到傍晚努力工作的女人體味很濃。菊治感受到文子的香氣時，果然也感受到太田夫人的香氣。與太田夫人擁抱時的香氣。

「哎呀，還給我啦。」

菊治沒有反抗。

「我要撕掉。」

文子側過身去，將自己寫的信撕得粉碎。脖頸和露出的手臂都汗涔涔的。

文子剛才快要倒下緊急閃身時，臉色突然發白，重新坐好後滿臉通紅。可能是在那時冒汗的。

三

從附近餐館叫來的晚飯，老套又乏味。

菊治的茶杯，擺的是志野的筒狀茶碗。一如往常，是女傭拿出來的。

「哎呀，你把它拿來當茶杯用啊？」

「嗯。」

「好窘喔。」但文子的語氣不如菊治那麼羞赧，「我後悔送你這種東西了。這件事，我在信裡有稍微提到。」

「妳寫了什麼？」
「沒什麼，就只是為了送你微不足道的東西道歉而已……」
「這才不是微不足道的東西。」
「這不是上好的志野吧。我母親也只是一直把它當茶杯用。」
「雖然我不懂茶陶，但這是很好的志野吧。」
菊治拿起筒狀茶碗端詳。
「不過更好的志野多得是。你用它而想起別的茶碗，就會覺得別的志野更好……」
「我家好像沒有志野的小茶碗。」
「就算你家沒有，在外面也看得到呀。要是你用它的時候，想起別的茶碗，覺得那個志野比較好，母親和我會很難過。」
菊治恍然大悟，倒抽了一口氣。
「我和茶道的關係已經越來越遠，也不會看到別的茶碗了。」

「不過，說不定在什麼機緣下，你還是有機會看到。而且至今，你應該看過更好的志野吧。」

「照妳這麼說，只有最好的東西才能送人囉。」

「是啊。」文子毅然抬頭，正視菊治，「我是這麼認為。我在信裡也寫了，請你把它摔破扔掉。」

「摔破？摔破這個？」菊治像是要搪塞緊追不捨的文子，如此說：「這是志野的古窯燒製的，三、四百年前的東西吧。起初可能是在宴席上當作配菜的容器，不是當茶碗也不是當茶杯用，但當作小茶碗用以後，也有漫長的歷史吧，古人非常珍惜才會傳下來。說不定有人放在旅行的茶具箱裡，帶去遠方旅行呢。不能因為妳的任性就把它摔破。」

茶碗的就口處，還沁染著文子母親的口紅。

母親曾對文子說，口紅沾到茶碗口就很難擦掉。菊治拿到這個志野小茶碗，也覺得就口處特別髒，但怎麼洗都洗不掉。當然，那不是口紅般的紅色，而是淡茶色帶著隱約的紅，倒也不是看不出是口紅褪色的陳舊色澤。但也可能是志野本身的微紅。此外，當作茶碗用，就口處是固定的，因此可能也殘留著文子母親之前的物主的嘴印汙漬。不過，一直把它拿來當茶杯用的太田夫人，可能是用最多的。

菊治也想過，把它拿來當茶杯用，是太田夫人自己想到的嗎？或是菊治的父親想到的，叫夫人用用看？

他也懷疑，太田夫人可能把了入燒製的一對黑與紅筒狀茶碗，像是和父親的夫婦茶碗，當作茶杯用。

父親看到太田夫人把志野的水指當花瓶用，插入玫瑰或康乃馨，把志野的筒狀茶碗當作茶杯用，也覺得太田夫人很美吧。

兩人都過世後，這水指和筒狀茶碗都來到菊治身邊，如今文子也來了。

「我不是任性。我是真的希望你摔破它。」文子說：「因為送你水指，你很高興，我想到家裡還有一個志野，就一併送你當茶杯了，但事後覺得很不好意思。」

「這確實不是適合當茶杯用的志野，真的很可惜……」

「可是，更好的東西多得是。如果你用這個志野，卻想著其他更好的志野，我會很難過。」

「只有最好的東西才能送人？」

「這也要看對象和情況而定。」

這句話使菊治深受感動。

文子想的可能是，希望菊治看到太田夫人的遺物，會想起夫人和文子；或是想更親暱撫摸的物品，才是最好的物品。

菊治明白文子的話中含意，她一心期望最佳的珍品才配當母親的遺物紀念品。

這就是文子最真摯的感情吧。眼前的水指就證明了這一點。

既冷又暖的嬌豔志野表面，讓菊治憶起太田夫人的肌膚。但這上面毫無罪孽的陰暗醜陋，或許也因為這個水指是珍品之故。

看著這個名品遺物，菊治更覺得太田夫人是女人的最佳珍品。珍品沒有汙濁。

驟雨那天的電話裡，菊治說看到這個水指就想見文子。這是在電話裡才敢說。文子聽了之後，說家裡還有一個志野，便拿筒狀茶碗來菊治家送他。

確實，這個筒狀茶碗可能不如那個水指名貴。

「我老爸好像也有旅行用的茶具箱……」菊治突然想起，「裡面裝的茶碗一定比這個志野差很多。」

「是怎樣的茶碗呢？」

「不知道，我沒看過。」

「能不能讓我看一看？你父親的一定比較好。」文子說：「如果這個志野比你父親的差，就可以摔破吧？」

「太危險了。」

飯後吃西瓜，文子靈巧地挑掉西瓜籽，一邊又催促說想看菊治父親的旅行茶碗。

菊治喚女傭先打開茶室，然後自己往庭院去，打算去找那個茶具箱，不料文子也跟來了。

「我也不知道那個茶具箱放在哪裡，栗本比較清楚……」

菊治回頭，望向盛開白夾竹桃，文子站在花蔭下，看得到樹根附近，她穿著襪子與庭院木屐的腳。

茶具箱放在水屋的橫架上。

菊治走進茶屋，將茶具箱放在文子前面。文子原以為菊治會為她解開包裝，端坐以待，片刻後才伸出手。

「那我就打開來看了。」

「積了很多灰塵啊。」

菊治抓起文子解開的包裝，起身朝庭院拍打。

「水屋的架子上有蟬屍，都長蟲了。」

「茶室很乾淨啊。」

「是嗎？最近栗本才來打掃過。就是來跟我說妳和雪子小姐都結婚的時候……。那是晚上，可能走的時候把蟬關在裡面了。」

文子從茶具箱取出看似包著茶碗的小包裹，深深地彎下腰，解開茶碗袋的繩子，指尖微微顫抖。

菊治從旁俯視，文子渾圓的雙肩向前傾斜，細長的頸項更為顯眼。她那微微突出、認真緊抿的下唇，與毫無裝飾的耳垂，顯得楚楚動人。

「這是唐津[4]。」文子抬頭看向菊治。

菊治也坐了過來。

文子將茶碗放在榻榻米上，

4 唐津，佐賀縣唐津市，自室町時代所燒製的陶器，特色為樸質豪放。

「這是上好的茶碗。」

這個唐津小茶碗，果然也是可以當茶杯用的筒狀茶碗。

「強勁有力，氣派凜然。比那個志野好太多了。」

「志野和唐津，不能拿來比吧……」

「可是放在一起比就知道了。」

菊治也被唐津的力道吸引，拿在腿上端詳了片刻說：

「那把志野拿來看看吧。」

「我去拿。」文子起身離開。

當志野與唐津兩個茶碗放在一起時，菊治和文子赫然四目交接。

然後又同時看向茶碗。

菊治驚慌似地說：

「這是男茶碗和女茶碗啊。這樣擺在一起看的話……」

文子說不出話，只能點頭。

菊治也驚覺自己說的話異乎尋常。

這個唐津茶碗是素色的，沒有畫圖案。青藍中帶著枇杷色，也透著些許茜色。碗身結實有力。

「連旅行都會帶去，想必是你父親很喜愛的茶碗。很像你父親。」

文子說出了危險的話，似乎沒察覺到它的危險。

菊治不敢說，志野茶碗很像文子的母親。但此時這兩個茶碗，宛如菊治父親和文子母親的心，並排於此。

三、四百年前的茶碗姿態健康，不會誘發病態妄想。但生命力十足，甚至帶著官能性。

將自己的父親與文子的母親，當作這兩個茶碗看，菊治覺得眼前擺著兩個美麗靈魂的姿態。

而且茶碗的姿態是現實的，自己與文子以茶碗為中心對坐，這個現實似乎也純潔無垢。

太田夫人頭七的隔天，菊治曾對文子說，兩人相對而坐也許是可怕的事。如今那罪惡的恐懼，也被茶碗消除了嗎？

「真美啊。」菊治喃喃自語地說：「我父親可能也曾忘我地撫弄茶碗，以麻痺各種罪孽之心。」

「哦？」

「可是看到這個茶碗，不會想起原本持有者的壞處。我父親的壽命，短得只有這個傳世茶碗的幾分之一……」

「死亡就在我們的腳邊。真可怕。雖然死亡就在我的腳邊，我也覺得不能一直困在母親的死亡裡，所以也做了很多事情。」

「是啊。一直被死者困住，會覺得自己好像不在這世上。」菊治說。

此時女傭拿了鐵壺來。

她可能認為菊治他們會在茶室待很久，需要沏茶的熱開水。

於是菊治建議文子，就用眼前的唐津與志野茶碗，像是在旅途上沏茶來喝。

文子率直地點頭。

「打破母親的志野之前，就讓我當茶碗再用一次，以資紀念。」

文子說完從茶具箱取出茶筅，走去水屋清洗。

夏日尚未黃昏。

「當作在旅行……」

文子一邊以小茶筅在小茶碗裡攪動，一邊說。

「旅行的話，是在怎樣的旅館呢？」

「不見得在旅館裡。說不定在河邊，也可能在山上。我打算用溪澗的水，冷的可能比較好……」

文子拿起茶筅時，黑溜溜的眼睛也往上抬，瞄了菊治一眼，旋即在手心轉動唐津茶碗時，又將目光投注於此。

然後文子的雙眸和茶碗一起來到菊治前面。

菊治覺得，文子恍如是流過來的。

接著，文子將母親的志野擺在面前沏茶，茶筅頻頻生硬地碰到碗緣，文子便停手了。

「好難喔。」

「小茶碗很難沏吧。」

菊治這麼說，但文子的手臂發抖。

一旦歇手，茶筅在小茶碗裡就動不了了。

文子凝視僵硬的手臂，靜靜地垂下頭去。

「我母親不讓我沏茶。」

「啊？」

菊治赫然起身，抓住文子的雙肩，宛如要扶起被符咒縛困得動彈不得的人。

文子沒有抵抗。

四

菊治睡不著，等到擋雨板隙縫露出天光，便去茶室看看。

庭院的洗手石鉢旁，依然殘留著志野茶碗碎片。

菊治撿起四塊大碎片，在掌上合攏起來，便形成茶碗的形狀，但碗緣少了一塊就口處。缺口大得可以放進拇指。

這塊缺片理應也在附近，菊治在石頭間找了起來，但不久就放棄了。

他抬頭一看，發現東方樹林間，有一顆很大的星星熠熠發光。

菊治心想，不知有多少年沒看過如此閃耀的晨星，於是起身眺望，天空還覆著雲層。

那顆星星在雲中閃耀，看起來顯得更大。星光的邊緣宛如被水弄濕了。

星辰如此水靈閃耀，自己卻在合攏撿拾的茶碗碎片，實在太沒出息了。

於是他扔掉手中的碎片。

昨夜，文子忽然將茶碗朝洗手石缽摔去，菊治根本來不及阻止。

那時文子拿著茶碗，猶如消失般走出茶室，但菊治沒有留意到。

「啊！」菊治驚聲尖叫。

但他沒有先去昏暗石頭間找茶碗碎片，而是先扶著文子的雙肩。因為她蹲在摔破的茶碗前，身子看似要朝洗手石缽倒下。

「還有更好的志野。」文子低喃。

難道她是擔心菊治拿更好的志野與之相比，她會傷心，所以索性摔破這個志野？

後來菊治在難以入眠時，更深切地感受到，文子這句話所蘊含的哀切純潔餘韻。

等到庭院亮起，他出去找破碎的茶碗。

但撿起碎片後，看到星星，又扔掉了。

扔掉後抬頭一看，菊治又叫了一聲：

了。

「啊！」

星星不見了。菊治看著扔掉的碎片時，就在這瞬間，晨星躲進雲層裡了。

菊治悵然若失，望著東方天空好一陣子。

雲層似乎沒那麼厚，但找不到星星的蹤影。天邊的雲層出現空隙，幾乎碰觸到市街屋頂，逐漸轉為淡紅色。

「可是也不能扔在這裡。」

菊治自言自語，又撿起志野碎片，放進睡衣懷裡。

若這樣扔在這裡，一方面心疼，再則也擔心千花子來了看到會問東問西。

菊治思索，既然是文子痛下決心摔破的，就不要保存碎片，把它埋在洗手石鉢旁，目前先用紙包起來收進壁櫥，然後他又鑽進被窩裡了。

文子為何會擔憂，菊治會拿這個志野去和別的志野比較呢？

這份擔憂究竟從何而來？菊治百思不解。

況且昨夜之後的今晨，他根本不想拿什麼來跟文子比較。

對菊治而言，文子無以類比的絕對。已是決定性的命運。

過去，菊治一直把文子當作太田夫人的女兒看待，但現在似乎也遺忘了。

母體微妙地轉移到女兒身上，這曾誘發菊治做過詭異的夢，如今也消失得無影無蹤。

菊治已經走出長久以來陰暗醜陋的帷幕。

是文子純潔的痛苦，將菊治拯救出來嗎？

文子沒有抵抗，唯有純潔本身在抵抗。

原本以為這是墜入咒縛與麻痺深淵的東西，反倒讓菊治覺得擺脫了咒縛與麻痺。宛如中毒的人，最後服下極量的毒藥，竟成了解毒的奇蹟。

菊治一上班，就打電話去文子工作的店。文子在神田的一家呢絨批發商工作。

但文子沒來上班。菊治整夜沒闔眼就來上班，文子可能早上依然沉睡未醒吧？然而菊治也想到，她會不會難為情，今天整天都待在家裡？

下午，菊治又打了電話去，文子依然沒來上班，因此向店裡的人問了文子的住址。

昨天那封信，應該有寫現在住所的地址，但文子連信封一起撕掉，放進她自己的口袋裡。吃完飯時有談到工作的事，菊治記得呢絨批發商的店名，但忘了問她的住址。因為文子的住所宛如已移到菊治身上。

菊治下班後，去找文子的租屋處。在上野公園後面。

文子不在。

一個剛從學校回來還穿著水手服的十二、三歲少女，出來玄關應門，然後又進去，出來說：

「太田小姐今天早上說，要跟朋友去旅行，不在家。」

「旅行？」菊治反問：「去旅行啊？今天早上幾點的時候？有說要去哪裡嗎？」

少女又進去屋裡，這次從稍遠的地方回答：

「我不清楚。因為我媽不在家……」

少女說得好像有點怕菊治。是個眉毛稀疏的女孩。

菊治走出大門，回頭看，猜不出文子住哪一個房間。這是庭院狹小，不怎麼大的兩層樓房。

文子說過，死亡就在她腳邊。此時這句話使菊治雙腳發麻。

他掏出手帕擦臉。擦著擦著彷彿失去了血色，使勁地更用力擦。手帕變得微黑潮濕。菊治察覺到自己背上也冒出冷汗。

「她不可能去死。」菊治對自己說。

文子既然讓菊治重生，自己應該不會去死。

但昨天文子的表現，不就是一種坦率的死嗎？

又或者，那種坦率是畏懼自己和母親一樣是罪孽深重的女人？

「讓栗本一個人活下去……」

菊治宛如對假想敵噴出自己的毒，旋即匆忙走向公園的樹蔭。

波千鳥

波千鳥

一

前來熱海車站迎接客人的車子，經過伊豆山，終於像畫圓般朝大海那邊向下駛去。進入旅館的庭園後，玄關的燈光逐漸靠近傾斜的車窗而來。

等在那裡的旅館領班，打開車門說：

「您是三谷太太吧。」

「是的。」

雪子輕聲回答。車子橫停在玄關前，雪子的座位靠近玄關。今天剛舉行完婚禮，雪子首度被以「三谷」這個姓稱呼。

雪子有些遲疑，但還是先下車，然後轉身望向車裡，等菊治下車。

菊治進玄關要脫鞋時，旅館領班說：

「茶室已經備妥。栗本老師打電話來訂的。」

「啊？」

菊治忽然在低矮的玄關坐下。女服務生連忙拿來坐墊。

千花子胸前那塊從心窩延至乳房的胎記，宛如惡魔的手跡，又浮現菊治眼前。他解開鞋帶抬頭，彷彿看到那隻黑手就在那裡。

去年，菊治賣掉房子，也處理掉茶具後，就沒再跟栗本千花子見面了，兩人應已毫無關係，難道這回和雪子結婚，也是千花子在暗中操縱？實在很難想像，這次蜜月旅行下榻的旅館房間也是千花子安排的。

菊治端詳雪子的神色，她似乎不在意領班說的話。

在領班的帶領下，兩人從玄關又往大海的方向走去，走在長長的渡廊裡。究竟要往下走到哪裡呢？宛如在穿越狹長隧道。這鋼筋水泥的細長通道有幾處階梯，途中又幾個偏離主建築的獨立房間，坐落得宛如衣服的袖子。

就這樣走到盡頭時，看見茶室的後門。

菊治走進八疊榻榻米的房間，想脫掉外套時，發現雪子在後面準備接外套。

「啊……」

菊治低喃，轉身一看。這是雪子做出的第一個像妻子的動作。

桌腳的地方，看得到爐疊[1]。

「那邊的三疊正式茶室，已將鐵釜放上去了……」領班放下兩人的行李說：「可是沒有上好的茶具。」

「那邊也有茶室啊？」菊治驚訝地問。

「是啊，連同這間大的，共有四間茶室。隔間布局和橫濱三溪園時一樣，整套搬遷過來。」

「這樣啊？」但菊治還是摸不著頭緒。

「夫人，你們的茶室是那間，隨時可以使用。」領班對雪子說。

雪子摺起自己的大衣。

「等一下再去看。」雪子回答後，站了起來，「大海真美。輪船點著燈呢。」

「那是美國的軍艦。」

「美國的軍艦進來熱海啊？」菊治說著也起身去看，「是小軍艦啊。」

「可是有五艘耶。」

軍艦的中央部位都掛著紅燈。

熱海市街的燈被小海岬擋住，只看得到錦浦一帶的燈光。

領班寒暄了幾句，便和為客人倒煎茶的女服務生一同離開。

兩人自然地看著大海夜景，片刻後回到火盆旁。

1 爐疊，榻榻米上裁出如棋盤約半疊的空間，四邊鑲著黑框。拿掉這小塊榻榻米，裡面是個凹穴，用來放地爐。

「真可憐。」

雪子說著，將手提包拿來，取出一朵玫瑰，撥開被壓扁的花瓣。

從東京車站出發時，雪子覺得抱著花束上車難為情，便將花束遞給送行的人，只剩一朵回送的玫瑰。

雪子將這朵玫瑰放在桌上，看著桌上的貴重物品寄放袋說：

「怎麼辦呢？」

「貴重物品……？」

因為菊治拿起玫瑰，雪子看著他問：

「玫瑰？」

「不是。我的貴重物品很大，裝不進這個袋子，也不敢託人保管。」

「為什麼……？」

雪子話一出口，隨即意識到，便又補了一句：

「我的也不能託人保管。」

「在哪裡？」

雪子不好意思指向菊治，看著自己的胸口說：

「在這裡……」

就這樣不敢抬頭。

對面的茶室傳來鐵釜燒熱水的聲音。

「要不要去看茶室？」

雪子點頭。

「我不想看。」

「可是好不容易來了……」

從茶道口[2]進入後，雪子依照茶道禮儀先參觀壁龕的擺設；但菊治卻杵在茶道口前的榻榻米上，宛如噴毒似地說：

2 茶道口，茶席主人的出入口。

「說什麼好不容易來了，這個安排也是照栗本指示做的吧？」

雪子轉身，來到爐前坐下。她端坐在沏茶的座位，雙膝朝向爐子，動也不動，一副在等菊治說下去的模樣。

菊治也來到爐邊端坐。

「我很不想談這件事，可是在旅館的玄關，領班的提到栗本，我真的大吃一驚。因為我的罪孽和悔恨，都和那個女人有關……」

雪子隱約點點頭。

「栗本現在也常進出妳家嗎？」

「去年夏天，她惹怒我父親，後來很長一段時間都沒來了……」

「去年夏天……？她跟我說妳已經結婚了喔！」

「哎呀。」

雪子想起似地繼續說：

「一定是那個時候。栗本老師說要介紹另一個人……。我父親大發雷霆說，一個媒人應該只介紹一個對象，如果那個不行又找來另一個，我的女兒不嫁。叫她不要愚弄我們。後來我很感謝我父親。我現在會和你結婚，也是當時父親的話給了我力量。」

菊治沉默不語。

「但栗本老師也不甘示弱，她說你著了魔，還提到太田太太的事。真的很討厭。那時我開始發抖，渾身不停顫抖。明明覺得很討厭，為什麼身體會不停顫抖？後來我想了想終於明白，因為我還是很想跟你結婚。不過那時候，我在父親和老師的面前不停顫抖，真的很痛苦。父親可能看到我的臉色，對老師說：『冷水和熱水都很好喝，但溫水和不熱的水就難喝了，我女兒經妳介紹認識了三谷先生，她自己也會做判斷。』就這樣把老師趕走了。」

負責放洗澡水的人好像來了，傳來熱水流入浴池的聲音。

「雖然很痛苦，但這是我自己做出的判斷。所以根本不用在意老師。即使我在這裡沏茶也心平氣和。」

雪子抬起頭。她的眼裡映著小電燈，激動暈紅的雙頰與嘴唇也映著光芒。菊治看著這璀璨的臉蛋，感到一種可貴的親愛之情。明明是美麗的火焰，摸了卻有種沁染全身的溫暖，就是如此神奇。

「那時妳繫著鳶尾花圖樣的腰帶，所以是去年五月吧，妳來我家的茶室。那時我覺得，妳是永遠遙不可及的人。」

「因為你看起來很痛苦，我才裝模作樣的。」

雪子微微一笑，繼續說：

「你記得鳶尾花腰帶啊？那條鳶尾花腰帶也放進行李了，會送去我們家。」

雪子對自己和菊治，都用了痛苦這個字眼。但雪子痛苦時，菊治卻拚命在尋覓文子的下落。後來意外收到文子從九州竹田町寄來的長信，菊治也去了一趟竹田，但至今約莫一年半，都不知道文子人在何方。

文子在信裡綿綿地訴說，請菊治忘了母親和她，和稻村小姐結婚吧。所以這封信也是在向菊治道別。所謂永遠遙不可及的人，雪子和文子就這樣對調了。

這世上沒有永遠遙不可及的人吧。如今菊治也覺得不該隨便用這句話。

二

回到八疊房間後，桌上擺著相簿。

菊治打開來看：

「原來是這茶室的照片啊。我還以為這是來這裡蜜月旅行人們的寫真集，嚇了一跳呢。」

菊治說著，將相簿傳給雪子看。

相簿的首頁，貼著茶室的由來記事。這間寒月庵原是以前江戶十人眾[3]的河村迂叟的茶室，後來遷至橫濱的三溪園，不幸遭到空襲，屋頂被炸穿，牆壁崩塌，門窗炸飛，地板破裂，整個面目全非，破爛到無法使用，所以才遷到這座旅館的庭園重建。因為這是溫泉旅館，原本就設有浴室，但其他則遵從原本的隔間布局，也儘量活用原本寒月庵的舊材料建造。二戰時燃料不足，可能有鄰近人們拿荒廢茶室的木料當柴燒，因此柱子上也留有斧鑿痕跡。

「據說大石內藏助[4]也曾來這間茶庵玩……？」雪子邊唸邊說。

因為迂叟常出入赤穗藩。此外迂叟有一個名為「殘月」的蕎麥茶碗[5]，以「河村蕎麥」之名傳了下來。這個茶碗呈現出淡青釉與淡黃藥各半的景色，比擬曉空殘月而得名。

相簿依序看過去，有幾張三溪園遭轟炸後的景象殘破照片，接著就是從搬遷興建到慶祝落成的茶會一連串照片。

若大石內藏助真的來過，這間寒月庵最晚在元祿時期便已建成。

菊治環視房間，這裡用的幾乎都是新木材。

「剛才茶室的壁龕柱子，好像是原本的。」

剛才兩人在三疊茶室時，女服務生來關上擋雨板。可能是那時將茶室的相簿放在這裡。

雪子反覆翻閱相簿，一邊說：

「你要不要換衣服？」

「妳呢？」

「我穿和服，所以這樣就好。你去洗澡的時候，我把人家送的點心拿出

3 江户十人眾，從住在江户的富豪中選出十人，掌管幕府的出納。

4 大石內藏助（1659-1703），淺野赤穗藩的家老，以其忠誠為主復仇之舉聞名。

5 蕎麥茶碗，朝鮮茶碗的一種，底色類似蕎麥，故有此稱呼。

來。」

浴室有新木材的香氣。從浴池到沖洗處、牆壁乃至天花板，木板的色澤柔和，有著漂亮的直木紋。

聽得到從通道下來的女服務生談話聲。

菊治從浴室回來，雪子不在。

八疊的房裡已鋪好床鋪，桌子也整理得乾乾淨淨。會不會是女服務生在做這些事時，雪子去剛才的三疊房間迴避呢？

「爐火，這樣可以吧？」三疊房間傳來聲音。

「應該可以吧。」

菊治如此一答，雪子立刻走了過來。但她宛如不曉得看哪裡才好地看著菊治，

「舒服多了吧？」

「這個……？」菊治看了看穿在身上的旅館寬袖棉袍與短外褂，「妳也

快去洗吧。水溫不錯，泡起來很舒服喔。」

「好。」

雪子走進右邊的三疊房間，像是從旅行箱裡拿出什麼，接著又打開八疊房間的拉門進來坐下，將化妝盒放在後面的走廊，接著居然雙手抵地，羞紅著臉，稍稍行了一禮。然後取下戒指，放在梳妝臺就出去了。

菊治萬萬沒料到她會行這個禮，險些驚愕地「啊」了一聲，覺得雪子可愛極了。

菊治起身去看雪子的戒指。他沒動結婚戒指，拿起另一只鑲著墨西哥火蛋白石的戒指，回到火盆旁，在燈光下舉起這只戒指。寶石裡小小紅黃綠如火焰般的光芒，忽而閃現，忽而耀動又消失，旋即又閃現。透明寶石裡的明滅搖曳火焰，深深吸引菊治。

雪子從浴室回來，又進入右邊的三疊房間。

這間八疊房間的左邊，隔著狹窄走廊，有三疊和四疊半兩間茶室；右邊也有一間三疊房間。女服務生將兩人的行李箱，放在右邊這間三疊房間裡。

雪子在那裡待了一陣子，好像在摺和服。

「這裡可以讓我稍微打開嗎？我會怕。」

雪子起身走來，將菊治所在的八疊房間和三疊房間的拉門，各打開約一尺。

菊治也意識到，這間偏屋離主建築很遠，約八、九公尺，只有兩人待在這裡。雪子望著透光的方向說：

「那裡也是茶室？」

「是啊。大概是圓爐，崁在木板裡圓形鐵爐……」

菊治回答時，從拉門的邊邊，看到雪子正在摺的襯衣裙襬飄動，不禁低喃了一聲：

「千鳥……」

「是的。千鳥是冬天的鳥，所以我就染染看。」

「是波千鳥[6]吧。」

「波千鳥……?波上的千鳥啊。」

「是夕波千鳥吧。有一首和歌寫道,若夕波千鳥啼鳴……」

「夕波千鳥……?可是,因為是波上千鳥的圖案,所以稱波千鳥吧?」

雪子慢條斯理地說著之際,千鳥圖樣的裙擺倏地被摺進去消失了。

三

可能是火車經過旅館上方的聲響,使菊治忽然醒來。

車輪的轟隆聲,比天剛黑時聽到的更近,汽笛聲也更為尖銳,因此菊治知道現在還是深夜。

6 波千鳥,意味著無論生活中遇到什麼挫折,夫妻都能和睦地共同克服。

聲音不至於大到吵醒人，自己卻醒了。但菊治感到更不可思議的是，自己竟然睡著了。

比雪子先睡著。

不過聽到雪子平穩的鼻息聲，菊治也寬心不少。

雪子也是因婚禮前後的疲累而睡著吧。婚禮將近時，菊治因動搖與悔恨，幾乎夜夜難眠，想必雪子也睡不好吧。

此時雪子睡在身旁，彷彿是不可能的事。但她平時的香味，確實就在這裡。

不曉得那是什麼香水，但雪子這香味，她的鼻息，她的戒指，甚至波千鳥圖案，這一切菊治都覺得是自己的。這種親暱感，縱使在深夜醒來的不安裡也沒有消失。這是菊治首度體驗到的感情。

然而，菊治沒勇氣開燈看雪子，便拿起枕邊的手錶去洗手間。

「才五點多啊。」

菊治感到詭異，面對太田夫人與女兒文子時，可以自然而然不抵抗的事，為何面對雪子會變成畏懼而異常的事。難道是良心的抗拒？在雪子面前抬不起頭？抑或太田夫人和文子緊抓著菊治不放？

以栗本的說法，太田夫人是魔性之女。可是讓千花子決定今晚的房間，菊治也感到毛骨悚然，心中滿是疙瘩。

菊治甚至懷疑，雪子穿著不習慣的和服來，都是千花子指使的。

「為什麼旅行不穿西式衣服呢？」

菊治睡前甚至若無其事地問雪子。

「只有今天而已。畢竟穿套裝有點殺風景，而且剛認識你的時候，前兩次都在茶室，我穿的都是和服。」

菊治沒有反問這話誰說的，倒是繼而想到，雪子為了蜜月旅行，把和服的襯衣染上千鳥圖樣，可能也是千花子要她做的，因此轉移話題矇混過去地說：

「剛才提到的夕波千鳥和歌，我很喜歡喔。」
「是怎樣的和歌……？」
菊治快速唸出柿本人麿做的這首和歌。
然後輕柔地觸摸新娘的背，情不自禁地說：
「啊，謝謝妳。」
不料這舉動竟嚇到雪子，菊治也只能盡量溫柔些。
凌晨五點醒來，菊治在不安與焦慮中，仍深深感謝雪子。光是雪子平穩的鼻息與淡淡的香味，他就感到甜蜜溫馨的赦免。這或許是自私的陶醉，但也唯獨女人擁有可以寬恕極惡罪人的恩澤。這或許是一時的感傷或麻痺，但確實是異性的救贖。
菊治心想，縱使明天會和雪子分開，也會一生感謝她吧。
但不安與焦慮緩和後，菊治又感到孤寂。雪子也會因不安與決心感到害怕吧。可是菊治不敢搖醒她，重新擁抱她。

海浪聲不時傳來，菊治認為到天亮無法成眠了，不料卻又睡著了，醒來時，明亮的陽光已照在拉門上。但雪子卻不見了。

菊治心頭一驚暗忖，她是逃回家了嗎？這時已經九點多。

菊治打開拉門一看，雪子在草坪上，抱著膝蓋在看海。

「我睡過頭了。妳幾點起來的？」

「七點左右。領班來準備熱水，我就醒了。」

雪子回頭，滿臉通紅。今晨她換穿套裝，胸前插著昨晚的紅玫瑰。菊治看了有些驚愣。

「這玫瑰，居然沒枯萎啊。」

「昨晚我去洗澡時，把它插在洗臉臺的杯子裡。你沒注意到嗎？」

「沒有。」菊治回答，接著又問：「妳泡過晨澡了？」

「是啊。因為我先起床，不曉得要待在哪裡也沒事做。迫於無奈，我就悄悄打開擋雨板來到這裡，剛好看到美國軍艦回去了。聽說他們是傍晚來玩，早上回去。」

「軍艦來玩，這說法也太奇怪了。」

「我是聽整修這個庭園的人說的。」

菊治打電話給領班說他起床了，然後泡完晨澡又來到這個草坪，覺得暖和得不像十二月半。用完早餐後，兩人也坐在陽光照射的走廊。

大海閃著銀光。看著看著，隨著時間經過，閃光之處也與時俱移。從伊豆山往熱海方向，有著如小海岬般突出重疊的山腳，打在那裡的波光也隨著時間變化。

「燦亮得好像星星出來了。就是眼下的海，這裡。」雪子指著海面說：

「好像星紋藍寶石之星……」

眼下的海面，有許多光群，恍如星光閃爍，忽明忽滅。處處可見波光浮現。由於距離很近，看得出波光是一個個分離的；遠海看似如鏡面的整片波光，說不定也是這種星星的聚集。凝神細看，遠處閃耀的光群像在跳舞。

茶室前的草坪狹小，但在草坪的一角，可見下方已經上色的夏蜜柑樹枝。傾斜的土地緩緩延伸至海邊，海邊松樹林立。

「昨晚，我仔細看了妳的戒指，真漂亮。」

「因為這是火蛋白石。波光比較像藍寶石或紅寶石之星，最像鑽石的光芒。」

雪子看了看自己的戒指，又眺望海上光芒。

這景色很適合聊寶石的話題，或許也是小倆口的幸福溫馨時間，但菊治有著無法被幸福溫暖的心事。

就算賣掉父親的房子，也可以帶雪子回簡陋的家，但要在這裡談建立新家庭的事，菊治還像個尚未結婚的人。此外，如果聊到彼此的過往，菊治若不提及太田夫人或文子或栗本，就是在說謊。宛如封印了兩人談未來與過去，菊治只能談此時此地的事，但連這個也覺得阻塞鬱悶。

雪子是怎麼想的呢？她那陽光照得熠熠閃耀的臉上不見芥蒂，是在體恤菊治嗎？說不定，新婚初夜她覺得菊治體恤了她呢。

菊治心神不寧，想要活動一下。

在這間旅館已訂好兩天晚餐，因此兩人去熱海飯店吃午餐。飯店餐廳的窗邊立著破損的芭蕉葉，前面有一叢蘇鐵。

「小時候，我父親曾帶我來這裡過新年，蘇鐵和當時一樣沒變。」

雪子說著，環視面海的庭園。

「我爺爺生前也常來這裡，要是那時我也跟著來，說不定就見到小時候的妳了。」

「什麼啦，好討厭喔。」

「如果我們小時候見過面，妳不覺得很有趣嗎？」

「如果我們小時候見過面，也許就不會結婚了。」

「為什麼？」

「因為我小時候很精明。」

菊治笑了。

「我父親常這樣說我喔，『妳小時候很精明，長大卻越來越笨』。」

菊治從這句話可以想像出，在雪子四個兄弟姊妹裡，父親多麼疼愛她，對她也有期許。如今在她聰慧閃耀的眼神裡，也能看到她幼時的影子。

四

從熱海飯店回來後，雪子打電話給母親，卻無話可說。

「我母親很擔心，問我怎麼了？你要不要來跟她講一下？」

「不，請代我向她問好。」菊治情急之下拒絕了。

「哦？」

半晌後，雪子回頭看向菊治：

「我母親向你問好，說多保重……」

這是房裡的電話，菊治打從一開始就明白，雪子沒有偷偷向母親訴苦之意。

但是，雪子的母親憑著女人的直覺，可能察覺到什麼令她擔心的事吧。會不會是蜜月旅行的翌日，新娘就打電話回娘家，讓丈母娘嚇到了？菊治不得而知。但他覺得，若不想蒙受讓丈夫逮到她電話的羞恥，就不該打這通電話。

下午四點多，三艘美國小型軍艦來了。網代那一帶的遙遠天空，稀少的浮雲也化為暮靄，恍如春天夕暮在朦朧的海上緩緩移動。即使運來的是情慾的飢渴，看起來也像安詳溫和的模型船。

「軍艦果然來玩啊。」

「今天早上我起床看到的時候，昨夜的軍艦正要回去呢。」雪子說：

「因為沒事可做，我就目送他們遠去。」

「到我起床為止，妳等了兩小時？」

「我覺得更久。待在這裡覺得不可思議，也很快樂。那時我心想，等你起床，要跟你說很多話……」

「什麼話？」

「漫無邊際的閒聊……」

天還很亮，駛來的軍艦卻已經點燈。

「比如說，我想和你聊聊，你覺得我為什麼嫁給你？如果你能跟我說，想必很有趣。」

「嗯，這不是我覺得的問題吧。」

「是沒錯。可是探究一下這個女孩為什麼會嫁給我，也很有趣吧。我是覺得很有趣。你怎麼會認為，我是永遠遙不可及的人呢……？」

「妳現在用的香水，和去年來我家茶室的時候一樣吧？」

「是啊。」

「那一天，我也認為妳是永遠遙不可及的人。」

「天啊！你不喜歡這個香水味？」

「不是。其實到了隔天，我覺得妳的香味還留在茶室裡，甚至還去茶室看看……」

雪子驚訝地看著菊治。

「也就是說，我把妳當作永遠遙不可及的人，非得死心不可。」

「你這麼說，我很難過。那是因為別人的緣故……。這一點我很明白。不過現在我只想聽和我有關的事。」

「那是一種憧憬。」

「憧憬……？」

「應該是吧。死心和憧憬，兩者都有吧。」

「你說憧憬，我很驚訝。不過我也曾想死心，也許是憧憬之故。可是，我無法想到死心或憧憬這種字眼。」

「因為憧憬這種字眼，是罪人的話語……」

「你又在說別人的事了。」

「不，並不是。」

「沒關係。其實我也有想過，就算是有太太的人，我可能也會喜歡上人家。」雪子說著，雙眸發光。「可是，說憧憬好可怕。你以後不會再說了吧。」

「說的也是。昨夜，妳散發出的香味，我也覺得是我的了，真是不可思議……」

「……」

「但是，憧憬是不會消失的。」

「你很快就會對我失望。」

「我絕對不會對妳失望！」

菊治毅然斷言。因為對雪子有著深深的感謝。

雪子霎時被菊治的氣勢鎮住，但也強烈地回應。

「我也絕對不會對你失望。我發誓！」

但五、六個小時後，雪子引發的失望不就逼近了嗎？雪子不知道這個失望，或者說儘管只停在疑惑，菊治也不得不感到寒冷的失望。

此時兩人也並非害怕失望而相處得不錯，菊治和她聊到比昨夜更晚，雪子也從昨夜就對菊治親切以待。溫馨時，甚至輕鬆地泡粗茶喝。

菊治在浴室刮鬍子回來，擦鬍後乳時，雪子也陪在梳妝臺邊，用手指沾了些菊治的鬍後乳說：

「我父親的鬍後乳，都是我買給他的……」

「那我也用同一款吧？」

「不同款比較好。」

然後今晚她把睡衣放在腿上，也是行了一禮才去洗澡。

「晚安。」

道了晚安後，她又雙手輕輕抵地，手放在衣襬上，靈巧地躺進自己的床。菊治看到這少女般的純淨舉止，內心激動不已。

但不久，菊治在黑暗的深淵，闔上顫抖的眼瞼，想起文子那時沒有抵抗，唯有純潔本身在抵抗，不禁萌生一種卑劣汙濁的罪惡掙扎。他將蹂躪文子的純潔的幻想化為力量，想要玷辱雪子的純潔。這是令人作噁的毒藥，但確實是雪子的純淨舉止，誘發菊治想起文子，使他痛苦難耐。

此外，因為憶起了文子，太田夫人那女人性慾波濤的感受也被喚醒了，菊治根本難以阻擋。這是魔性的咒縛？抑或人的自然？無論哪一種，如今夫人已死，文子消失，而且兩人都只有愛、沒有恨的話，讓菊治悽慘畏懼的又是什麼呢？

菊治後悔自己麻痺於太田夫人的性慾波濤，但如今反而麻痺於自己內心的什麼，對此感到恐懼。

這時忽然傳來雪子頭髮摩擦枕頭的聲音。

「跟我說說話吧。」

雪子如此一說，菊治心頭一驚。

可能是罪人的手輕輕擁抱了聖潔處女，菊治意外感到熱淚盈眶。

雪子輕柔地將臉偎在菊治的胸膛，過了一會兒竟啜泣了起來。

「怎麼了……？妳很傷心？」

「不是。」雪子搖頭，「我是真的很喜歡你，可是從昨天起，我又更喜歡更喜歡你了，就哭了。」

菊治捧起雪子的下顎，吻上她的唇。已經無須隱藏自己的眼淚。對於太田夫人和文子的妄想也瞬間消逝了。

為何不能擁有純潔的新娘與幾天清靜呢？

五

第三天也是溫暖的海，雪子先起床，梳妝打扮完畢。

今晨，雪子聽女服務生說，昨晚有六對新人蜜月旅行下榻這間旅館，但茶室靠近海邊，離主建物頗遠，因此聽不到嘈雜人聲。甚至拉小提琴唱歌，也傳不到這裡來。

可能是陽光強度的關係，今天在這裡待到下午，也看不到星光般的碧波閃耀。昨天看到星光閃耀般的眼下海面，今天有七艘漁船出航。領頭的船發出蒸汽的轟隆聲拖著六艘船。這六艘船從大到小，依序排成一列。

「好像一家人。」菊治微笑地說。

旅館送了一份禮物，是一對夫妻筷。以印有紙鶴圖案的桃紅和紙包起來。

菊治忽然想起，問雪子：

「那條千羽鶴包袱巾，妳有帶來嗎？」

「沒有。我帶來的東西都是新的，有點不好意思呢。」

雪子羞紅了臉，連線條美麗直到眼尾的雙眼皮都紅了。

「髮型也不一樣吧。不過，收到的賀禮裡，有帶著仙鶴圖樣的東西。」

下午三點前，兩人退房坐車去川奈。

網代的港口，有很多漁船進來，也有船身塗白的船。

雪子回頭眺望熱海那邊說：

「海的顏色，變得像粉紅色的珍珠。顏色真的很像。」

「粉紅色的珍珠？」

「對啊，就是耳環或項鍊那種粉紅色。我拿出來給你看吧。」

「到了飯店再看。」

熱海山麓的皺褶，陰影漸深。

路上看到有個老公拉著兩輪拖車[7]在跑，後面的木板車台載著木柴和老婆，雪子說：

「我想過這樣的生活。」

菊治感到難為情，心想雪子現在也有過苦日子也甘願的想法嗎？

途中也看到成群的小鳥飛進海岸松林間，速度幾乎和汽車一樣快，但汽車還是快了點。

雪子發現，今晨看到的從伊豆山旅館下方出海的七艘拖曳船，來到了這裡。果然也是從大船排到小船，像和睦的家人排成一列，拖曳到岸邊。

「簡直像是來看我們。」

看到這樣的船也萌生親切感，雪子現在的喜悅，使菊治柔和了起來。這是他生涯的幸福口子吧。

去年的夏天到秋天，菊治到處尋覓文子的下落時，不知道是累了還是被附身之際，沒想到雪子竟獨自來訪。那時菊治宛如黑暗中的生物看見了陽光，耀眼、暈眩、謹慎低調。但之後雪子就常來了。

7 早期農工家庭使用的兩輪人力拖車，以搬運貨物。台語稱為「籬阿卡」，來自日文外來語「rear car」。

不久，菊治收到雪子父親的來信。信中提到：「你好像在和我女兒交往，不曉得你有沒有結婚的意願？畢竟之前透過栗本千花子談過婚事，我和內人也希望女兒能嫁給她最初有意思的人。」這是身為父親擔心兩人的交往，也可解讀成對菊治有所警戒。算是父親代替女兒傳達了意願。

之後到今天，整整一年。菊治心情在「等待文子」與「想要雪子」之間徘徊。但想起太田夫人，追尋文子，陷入懊悔沮喪之際，菊治也曾在晨空或夕空描繪千隻白鶴飛舞的幻影。那是雪子。

為了看拖曳船，雪子往菊治這裡依偎過來，但沒離開原來的座位。

到了川奈飯店，兩人被帶到三樓邊間的房間。兩邊沒有牆壁，都是觀景玻璃窗。

「海是圓的！」雪子興高采烈地說。

因為水平線畫出緩和的圓。

草坪上的游泳池那邊，有五、六個穿藍綠色制服的女桿弟，肩上揹著高爾夫球袋走上來。

西邊的窗戶，可展望富士山的攀登路線。

雪子想去遼闊的草坪。

「風好大喔。」菊治背對西風說。

「風大沒關係啦。走吧。」雪子硬拉菊治的手。

回到房間後，菊治進入浴室。雪子趁此時梳整頭髮，換上襯衫，準備去餐廳用餐。

「我戴這個去吧？」

雪子拿珍珠耳環和項鍊給菊治看。

用過晚餐後，兩人在日光室待了一會兒。這是一間伸向庭園的橢圓形大房間，由於是週間，只有菊治夫妻倆。裡面圍著窗簾，一對乙女椿[8]盆栽，

8 乙女椿，椿花的一種，乙女為少女之意。乙女椿是八重複瓣的華麗花朵，但開花不結果，讓人想起婚前的少女。

朝著橢圓突出的方向綻放。

之後兩人來到大廳，坐在壁爐前的長沙發。壁爐裡燃燒著大塊薪柴。壁爐上方，擺著大朵的君子蘭盆栽，果然也是一對的。長沙發後方的大花瓶插著早開的紅梅，美不勝收。挑高天花板的木頭架構也是英式風格，顯得沉穩祥和。

菊治靠在皮沙發上，長時間凝望著壁爐的火焰。雪子也靜靜陪在一旁，臉頰烘得紅通通。

回到房間一看，厚窗簾已經拉上。

雖然房間很大，但沒有隔間，雪子只好去浴室換衣服。

菊治穿著飯店的浴衣，坐在椅子上。雪子換上睡衣，莫名地站在菊治前面。

她的睡衣像形式自由的和服，底色有些暗紅，綴以散落的白色小紋，感覺也是當洋裝布料的新花色，袖子是元祿袖[9]，有種清純無邪的感覺。腰際繫著一條綠色的柔軟綢緞窄腰帶，宛如西洋的洋娃娃。紅絹的內裏，露出潔白的浴衣。

「好可愛的和服。這是妳自已想出來的？元祿袖？」

「跟元祿袖有點不同。我隨便做的。」

雪子走去梳妝臺。

房裡只留梳妝臺的燈，兩人在微亮中入睡了。

聽到「咚」的一聲巨響，菊治猛地醒來。風在呼嘯。庭院的邊緣是斷崖，菊治猜想是強浪拍打斷崖的聲音。

看向雪子那邊，她不在床上，站在窗邊。

「妳怎麼了？」菊治起身去看雪子。

「我聽到咚咚咚很可怕的聲音。海上還出現桃紅色的火，你看……」

9 元祿袖，袖子較短，袖口成圓弧狀的和服，主要流行於元祿期間，又稱元祿小袖。

「那是燈塔吧。」

「然後我就醒了，嚇得睡不著，剛才就起來一直看著。」

「那是浪濤的聲音啦。」菊治摟著雪子的肩，「妳可以叫我起來呀。」

「你看，發出桃紅色的光了。」

「那是燈塔啦。」

「雖然有可能是燈塔，可是那比燈塔的燈還大，而且砰地冒出來喔。」

「是浪濤的聲音啦。」

「不是。」

似乎是強浪拍打斷崖的聲音，但大海在弦月的冷冽月光下，一片漆黑沉靜。

菊治也稍微看了片刻，發現燈塔的忽明忽暗與桃紅色的閃光不同。桃紅色的閃光間隔較長且不規則。

「是大砲。會是海戰嗎？」

「嗯，可能美國軍艦在演習吧。」

「對。」雪子也同感，「令人毛骨悚然，很可怕。」

雪子縮起肩膀。菊治緊緊摟著她。

弦月的夜海，風在呼嘯，遠處閃現桃紅色火光之後出現轟隆聲，菊治也感到毛骨悚然。

「這樣的半夜，不可以一個人看啦。」

菊治使力，以公主抱抱起雪子。雪子羞怯地摟著菊治的脖子。

一股貫穿全身的哀愁襲來，菊治情深義重地說：

「我啊，我不是不舉喔！我不是不舉。但是，我的汙辱與背德的記憶，這傢伙還無法原諒我。」

雪子宛如昏倒似的，沉甸甸地偎在菊治懷裡。

別離之旅

一

菊治蜜月旅行回來後，燒掉去年文子的來信之前，又重讀了一遍。

於前往別府的小金丸號船上，十月十九日……

你在找我對吧？我沒把行蹤告訴你，請原諒我。

因為我下定決心不再見你，這封信可能也不會寄出。就算會寄出，也不知何時才會寄。我要去我父親的故鄉竹田町，若這封信寄到你手上，那時我也不在竹田町了。

父親二十年前就離開故鄉，我也對竹田町一無所知。

岩山四方環繞中，有竹田之町，與秋川流水聲

竹田町自然形成，與城堡不同，出入皆山洞門

一切皆白竹田町，洞門外芒草，町內芒草皆白

我只能從與謝野寬和晶子[1]的《久住山之歌》，以及父親的話語想像竹田町。

現在我要回去沒看過的父親的故鄉。

聽說久住町有人從小就認識我父親，那個人寫了一首詩：

從故鄉山巒的溫柔心靈，流出的潺潺水聲中

1 與謝野寬（1873-1935）和妻子與謝野晶子（1878-1942），皆是是明治至昭和時期活躍的詩人。

連接無垠天空的原野色彩，也自幼薰陶著我
煩惱的豈止我一人，山也同樣遭雲層遮蔽
願叛逆之心，及早消逝，能為那人祈禱平安

這首詩吸引我去父親的故鄉。

久住山恍如大師，令人心生嚮往
常知安貧之身，亦有請教秀峰之心
宛如驟然失蹤者，雲層閉鎖久住山

這首與謝野寬寫的詩，也吸引我去久住山（也寫成九重山）。雖然我也寫了〈叛逆之心〉這首詩，但我對你並沒有叛逆之心。若我有叛逆之心，也只是對我自己，以及我的境遇。其實這比叛逆之心悲哀多了。

況且從那之後已經過了三個月，我現在只「祈禱你平安」。我不該寫這樣的信給你。這是我寫給自己的東西，只是安上你這個對象。寫完之後，我可能會扔進海裡。又或許，這是一封寫不完的信。

服務生將大廳的窗簾一一拉上。現在大廳除了我，只有兩對外國人年輕夫妻坐在另一邊的角落。

一個人旅行，所以我搭頭等船艙。我不喜歡和很多人擠在一起。頭等艙是兩人一室，和我同室的旅客是別府觀海寺溫泉旅館的老闆娘。她去幫嫁到大阪的女兒坐月子回來。

——她說，她在大阪一直沒睡好，想好好睡一覺回去，所以選擇搭船。從餐廳回來不久，她就上床睡了。

我們搭的這艘小金丸號駛離神戶港時，看到一艘名為「蘇伊士之星」的伊朗輪船駛進來。船型相當奇妙。

——這位老闆娘跟我說，可能是兼客船的貨船。我不禁思忖，連伊朗的船都來了啊。

隨著船駛離港口，神戶市與後方的山巒，看似逐漸籠罩在暮色裡。這是晝短的秋天。到了晚上，海上保安官向大家廣播注意事項。賭博絕對不會贏，被害者也會受罰……

——今天賭博的可能性很大。

賭博行家可能搭三等艙吧。

溫泉旅館老闆娘睡著了，所以我到大廳來。兩對外國人夫妻中，有一個日本女人，看起來已經結婚。外國人不是美國人，好像是歐洲人。

我忽然覺得，乾脆和外國人結婚，遠走國外算了。

——妳在想什麼呀？我驚愕地對自己說。即使是搭船的緣故，結婚什麼的也實在想太多了。

那個女人像是好人家出身，很努力模仿西洋人的表情與動作。即使氣質不差，但我覺得太刻意了。她可能不斷意識到嫁給西洋人的驕傲，才會做出那些舉動吧。

不過，我自己在這三個月裡，也不曉得是什麼打動了我的心。想起我在你家茶室前面的洗手石鉢，摔破志野筒狀茶碗的事，我真的丟臉到想消失。

——我曾說，還有更好的志野。我當時真的這麼認為。

我把志野水指，當作母親的遺物紀念品送給你，因為你很高興，我一時糊塗就想把筒狀茶碗也送給你。後來想到還有更好的志野，我真是坐立難安。

——那時你說：「照妳這麼說，只有最好的東西才能送人囉。」我深信這個「人」僅限於你。因為我一心只想認為母親是美麗的。

那時除了認為母親是美麗的，過世的母親和被留下來的我，沒有任何救贖可言。於是我那緊繃又彷彿被附身的心，竟然把不是那麼好的筒狀茶碗，當作母親的遺物紀念品送給你，我真的很後悔。

過了三個月的現在，我的心情也不同了。不知是美夢破碎，還是從醜夢醒來，摔破那個志野時，我認為母親和我，我們都和你離別了。即使摔破志野很丟臉，但或許是一件好事。

——那個茶碗的就口處，沁染著母親的口紅……。那時我說了諸如此類的話，可能被認為是一種瘋狂的執念吧。

其實關於這一點，我有驚悚的記憶。那時我父親還在世，有一天栗本老師來我家。我不太確定，好像是長次郎做的，總之我們拿出黑樂的茶碗來招待。

——老師看了皺起眉頭說，哎呀，發霉得好嚴重，沒有好好處理啊，是用完就直接收起來嗎？整個茶碗都長出鳶尾花腐爛般的汙漬。

——用熱水洗過，可是洗不掉。

老師把濕茶碗拿到腿上，定睛凝神端詳，然後突然將手指伸進頭髮裡使勁搓揉，用那隻油手轉動擦拭茶碗，霉漬消失了。

——啊，太好了，您看。老師得意地說，但父親沒有伸出手。

——妳怎麼做這種骯髒事呀。我很討厭。噁心死了。

——我拿去洗乾淨。

——再怎麼洗，還是很噁心。我不想用這個茶碗喝茶了。妳喜歡的話，送給妳吧。

那時年幼的我坐在父親旁邊，記住了這噁心的一幕。

後來聽說老師把這個茶碗賣掉了。

我覺得女人的口紅沾在茶碗口上，和這個一樣令人作噁。

請忘記母親和我，和稻村雪子小姐結婚吧……

二

於別府觀海寺溫泉，十月二十日……

從別府搭火車經大分到竹田比較快，但我想「近一點」觀賞九重的群山，所以挑了另一條路線，搭火車越過別府後方的由布岳山麓，從由布院到豐後中村下車，然後進入飯田高原，往南越過山巒，從久住町到竹田。

竹田是父親的故鄉，但對我是全然陌生的地方。如今父母雙亡，不知人們會怎麼迎接我。

——父親曾說，這是讓他感覺是心靈故鄉的地方。或許如與謝野夫妻所歌詠的，是個四方岩壁圍繞，出入必須穿越洞門的地方。

倘若母親在世，可能會詳細告訴我吧。因為聽說我出生前，父親曾帶她去過一次。

我原諒你父親和我母親的時候，覺得自己背叛了父親。可是為何，我會被對父親是故鄉，但對我是異鄉的地方吸引呢？可能現在我，思慕的是故鄉同時也是異鄉的地方吧。或者認為父親的故鄉，有著母親和我的贖罪之泉。

《久住山之歌》也有一首這樣的詩：

歸來在父親面前磕頭，接著仰望故鄉的山巒

我在想，我原諒你父親和我母親的時候，就已注定了後來母親和我的過錯。這簡直像詛咒般困住了你，使你痛苦萬分吧。不過，無論怎樣的罪孽或咀咒都有極限，我摔破志野茶碗那天，應該就結束了。

我只是愛過兩個人，我母親和你。我說我愛你，想必你會很驚訝吧，連我自己都非常驚訝。但我認為把它隱藏起來，反而不能為「那人」「祈禱平安」。你對我做的事，我沒有責怪你，也沒有怨恨你。我只是覺得，我的愛受到最強烈的報應，最嚴厲的懲罰。我的這兩份愛走到了極致，結果一個是死亡，一個是罪孽。這是我身為女人注定的境遇嗎？母親以死做了清算，我背著它遁逃。

——當我極力阻止母親去見你時，母親像口頭禪地說：「啊，真想死了算了。」

——母親曾威脅我：「妳要讓我死嗎？」她在圓覺寺的茶會遇見你之後，一直處於想自殺的心情。這種心情，我在摔破志野茶碗後也明白了。母親遇見你成了想自殺的原因，但她憑著一心想見你的意念，勉強維持朝不保夕的性命。因為我的阻擋，害死了母親。摔破志野茶碗那天起，我也有了想自殺的心情，所以更了解母親了。要是母親沒死，我恐怕已經死了。我之所以沒死，是因為母親死了。

那時，我將志野茶碗朝洗手石鉢狠狠摔破後，整個人快暈過去，差點倒在石鉢上，你伸手扶住了我。

——那時我喚了一聲「媽」，不曉得你有沒有聽見？或許我沒有叫出聲。

那時，無論你說不可以回去，或說要送我回去，我都只是搖搖頭。

——我宛如在說「我們不會再見面了」地逃走了。回程的路上，我冷汗直流，真的想死了算了。我並非怨恨你，而是覺得走到了自己的終點，前面已經沒路了。我的死連結著母親的死，似乎理所當然。如果母親是受不了自己的醜陋而死，我大概也是。但我有時也覺得，懊悔之火中綻放出了蓮花。因為我愛你，所以無論你對我做了什麼，應該都不是醜陋的。我如夏蛾撲火般飛向你。由於母親覺得自己醜陋而死，我想認為母親是美麗的，才會在這個夢想中迷失自己吧。

但是我和母親不同。母親見過你一次之後，心情就難以平靜，一直想要再見到你；我只是一次就夢碎了。我的愛，一開始就結束了。與其說壓抑感情打消念頭，比較像是被推落，被推開。

——我心想，啊，這樣不行。母親死了，我也完了。只要你和雪子小姐結婚就好。這個念頭拯救了我。

——要是你來找我，緊追不捨，我也會自殺。這麼說，聽起來可能很自我。但就如同，我只願母親是美麗而忘我一樣，我也希望能從你的周圍，把我們全部抹掉。

栗本老師說，母親和我在阻撓你的婚事。其實我清醒之後也終於明白了。栗本老師還說，你認識母親之後，整個性情都變了。

摔破志野茶碗那天，我哭到天亮，然後去朋友家，拜託朋友和我一起去旅行。

——朋友驚訝地問，妳怎麼啦？眼睛都哭腫了……妳母親過世的時候，妳也沒哭成這樣吧？然後我們一起去了箱根。

可是，比起那時候，比起母親過世時，我還有更難過的時候，那是在我小時候。那時栗本老師來我家，罵我母親，要她和你父親分手。我在暗處聽到哭了出來，母親要抱我去老師面前。我不想去，結果母親說：

——妳是不是覺得媽媽現在被人欺負了？妳在背後哭，媽媽怎麼受得了。來，讓媽媽抱。

我坐在母親腿上，臉埋在母親懷裡，看不到老師那邊。

——老師嘲笑說，哼，把小孩搬出來啊？

——然後對我說，妳是個聰明的孩子，應該知道三谷叔叔來做什麼吧？

——不知道，不知道。我搖頭。

——妳怎麼可能不知道。三谷叔叔可是有太太的喔。是妳媽媽不對吧？三谷叔叔還有個比妳大的小孩呢。那個小孩也很恨妳媽媽喔。要是妳學校的老師或同學知道妳媽媽的事，妳也會很丟臉吧。

——小孩是沒有罪的。即使我母親這麼說。

——既然是沒有罪的小孩，就把她教養成沒有罪的樣子如何？沒有罪的小孩，居然能哭得這麼精彩啊。

那時我十一、二歲。

——這樣對小孩不是好事喔，真可憐……。妳打算讓她在陰影下長大？

那時我難過到小小的胸部快要裂開了。比起母親的死，比起和你分開，都讓我更難過。

抵達別府是在中午，於是我搭巴士做了一趟地獄溫泉巡禮[2]。所幸同船室的機緣，我下榻觀音海寺溫泉旅館。

今晨航行在伊予灘時，海象相當平靜，陽光從船室窗戶照進來，熱得我脫掉外套，只穿一件襯衫還是冒汗。進入別府港後，山巒宛如畫了一個大圓波，從左邊的高崎山向右綿延，彷彿在擁抱城市。裝飾性的日本畫裡有這種波浪。觀海寺溫泉旅館在靜謐的山麓裡，從浴池可飽覽市街與港口。我非常驚訝，居然有這麼寬闊明亮的溫泉場域。地獄溫泉巡禮，車票一百圓，參觀費一百圓，十五、六處地獄溫泉中很多是私人的，還有「地獄組合」這種公會。巴士繞了一圈，兩個半小時。

地獄溫泉裡，有血池地獄和海地獄，呈現出不知該說妖豔或神祕，難以言喻的顏色。血池地獄的顏色像從底部噴出了血，溶進透明的熱水裡，那血色是鮮活的，而且池裡還冒出蒸氣。海地獄這個名稱，因為溫泉水像海的顏色而得名吧。我從沒看過如此澄透寧靜又帶著淡藍的水色。在遠離市區的山中旅館深夜，想起血池地獄和海地獄的神奇顏色，覺得恍如夢幻世界的溫泉。如果我和母親是在愛的地獄徘徊，那裡也會有這麼美的溫泉嗎？我對地獄的溫泉顏色心醉神迷。請原諒。

三

於飯田高原的筋湯溫泉，十月二十一日……

我下榻在高原深處的溫泉旅館，夜裡寒氣逼人，即使毛衣外面又穿上旅館的綿袍還是冷颼颼，冷得我把肩膀斜向火盆。這間旅館好像是火災後緊急修繕，門窗的密合度很差。筋湯溫泉在海拔一千公尺的高處，明天我要越過

2 別府有八大地獄溫泉，被列為國家指定名勝，每座溫泉因地質不同，泉水呈現藍、紅、橘色或泥漿狀態，隨處可見煙霧瀰漫的壯觀景象。

一千五百公尺的山嶺，下榻在一千三百公尺的溫泉旅館，雖然我從東京來的時候有準備禦寒衣物，但和今晨離開別府溫泉時的氣溫實在差太多。

明天我要去九重山，後天終於要去竹田。無論是在明天的旅館或竹田町，我都會繼續寫信給你，但我最想對你說的是什麼呢？應該不是旅行日記，而是九重山或我父親的故鄉讓我想說些什麼吧。

說不定是想向你道別。儘管我很清楚，無言的離別才是最好的。以前似乎沒和你說到什麼話，但我也覺得好像已經說了很多。

——每次我去見你時，總會為母親的事向你道歉，希望你能原諒我母親。

為了請求你的原諒，第一次去你家時，你說你很久以前就知道，我母親有我這個女兒。

——你還說，你曾幻想和那個女兒聊聊你父親的事。

——此外你也說，除了你父親的事，也希望有一天，能和我聊聊我母親的事。

沒有那一天。那一天已經永遠失去了。如果再和你見面，要聊你父親或我母親的事，我現在可能已經因為悔恨和汙辱而渾身發抖。不可以談父母的事。這樣的兩個小孩能相愛嗎？寫到這裡，我潸然落淚。

我十一、二歲的時候，聽到栗本老師那番責備的話，「三谷叔叔」有個兒子一事，就深深銘刻在我心裡。但我從未提過「三谷叔叔」和那個兒子的事。因為我總覺得說出來不好。不曉得那個兒子有沒有上戰場，我這個小女學生也不敢問。

空襲越來越厲害之後，你父親也常來我家。想到萬一路上遇到了空襲，那個兒子就跟我一樣，變成沒有父親的小孩，所以我送你父親回家。仔細想想，那個兒子已經大到可以去當兵了，但不知為何，我總覺得他還是少年。可能因為栗本老師第一次提到那個兒子時，我難過到銘記於心。

我母親是個沒用的人，所以我得外出採買日常所需。爭先恐後上了火車的人群裡，我發現一位美女，就緊貼在她身旁。我們聊起從哪裡來要去哪裡之類生活瑣事，她突然說：

——我是小妾喔。

可能是美女說得坦率，我也說：

——我也是小妾的孩子喔。

聽到一個女學生這麼說，她似乎很驚訝。

——哎呀？不過，能長這麼大太好了。

她似乎誤會「小妾的孩子」的意思。我只是面紅耳赤，沒有改口訂正。她非常疼愛我，後來我們常約在外面碰頭一起去買東西，也曾兩人一起搬運從她故鄉新潟鄉下寄來的米。我忘不了她。

長到這麼大有什麼好呢？我已經無法和你談你父親或我母親的事。

外頭傳來溫泉瀑布聲。幾道溫泉瀑布落下，人們喊著「打吧」，讓溫泉瀑布打在身上。由於對筋骨僵硬或痠痛很有效，所以這處溫泉才直接取名

「筋湯」吧。旅館沒有室內溫泉，必須去外面的大型共同溫泉浴場，地點在涌蓋山和黑岩山之間山谷深處。夜裡的山氣好像下來了。和別府的血池地獄和海地獄的夢幻顏色不同，我今天看到山裡的美麗楓紅。從別府後方的城島高原看由布岳很漂亮，但從豐後中村站爬上飯田高原，一路可欣賞九醉溪的楓紅。爬上十三彎回頭一看，逆光使得後山與山麓皺褶的顏色益發深沉，也加深了楓紅之美。從山肩照過來的夕陽，使楓紅世界顯得莊嚴。

我想明天高原和山巒都會是好天氣吧。我從遙遠的山谷間旅館，向你道晚安。我外出旅行，三天都沒做夢。

從摔破志野茶碗的那夜起，我在朋友家住了三個月，幾乎夜夜難以入眠，而且也太過長期叨擾朋友了。我有一些東西留在上野公園後面的租屋處，也是這位朋友去幫我拿的。

那之後的隔天，你去公園後面租屋處找我，也是這位朋友跟我說的。但我沒跟朋友說，為什麼我到處逃匿。

——我只能跟朋友說，我愛上了不該愛的人。

——可是他愛妳吧。被不該愛的人愛，這種話通常是謊言。女人就喜歡編造這種謊言。不過我就當妳說的是真的吧……。朋友這番話，或許意味著，世上絕對沒有不該愛的人。或許確實如此，如果像我母親那樣打算死的話……

可是，企圖美化母親之死的我，會被帶去什麼地方呢？我想你是最清楚的。就算不是被帶去，是我自己去的，這是否難以辨認，我還不知道。自己做的事，自己可以說難以辨認嗎？還有，即使從旁看別人做的事，也可以說難以辨認嗎？神明或命運，寬恕人的所作所為時，會說難以辨認嗎？

雖然這件事寫出來不太好，但我信賴的朋友，以前和男人犯過錯。或許因為這樣，我才敢去拜託她。也或許因為這樣，她馬上看出我的情況。不過她應該不知道，我被捲入漩渦般的懊悔裡。

可能我很像我母親，有點漫不經心吧。稍微開朗起來，朋友就同意這次讓我獨自去旅行了。

我覺得一個女人獨自住在旅館，比起和母親同住時，還有母親死後的一個人生活，都要來得清爽許多。但到了夜裡，不安與孤愁，還是會讓我寫出這種沒有收件人的信。從那之後，我都靜默三個月了，為何如今又想說些什麼？

四

於法華院溫泉，十月二十二日……

今天，我越過海拔一千五百四十公尺的山嶺諏峨守越，住在海拔一千三百零三公尺的法華院溫泉旅館。據說這是九州最高的山中溫泉。我前往竹田町的旅途，今天越過了山嶺。明天下到久住町，就會到竹田了。

不知是在高原的日照下走路，抑或這裡的硫礦味太強，今晚我覺得有點累。不單只是這裡溫泉的硫磺，還有諏峨守越旁的硫磺山煙，因風向而飄過來。據說銀製手錶，一天就會變黑。

——昨天早上五度，今天早上四度……。旅館的人說，今晚會比昨晚冷。今晨不曉得幾點看的溫度計，黎明前或許降到接近零度。

不過，我住在別棟二樓的靜僻房間，玻璃窗也是能禦寒的雙重窗戶。旅館提供的棉袍很厚，火盆的火也很旺，比昨天的筋湯旅館好多了。只是，仍然感受到山中沁冷的夜氣。

法華院的旅館是山中唯一的房子，郵件和報紙都不會送到這裡來。聽說離村莊約十二公里遠，離最近的鄰家也有六公里。上小學也要走十二公里路，因此小孩到了入學年齡，不得不寄宿在下面的村莊。

旅館老闆有兩個小孩，哥哥六歲，妹妹四歲。可能因為我一個女人來下榻，祖母來跟我聊了一會兒。兩個小孩也跟著祖母來，爭相坐在祖母腿上。起先是妹妹騎坐在祖母腿上，抱著祖母，然後哥哥想推開妹妹，妹妹激烈地反擊哥哥，兄妹倆就這樣追逐扭打起來。哥哥有一雙漂亮的眼睛，四歲妹妹瞪著一雙銳利的大眼，一臉強悍，擺出緊繃應戰的架式。這種強悍的眼神，或許是山上的強烈陽光形成的。

——我說，你家的小孩，沒有鄰居小孩這種玩伴吧。

——得走十二公里，才有鄰居的小孩。

祖母還說，妹妹出生時，當哥哥的說：

——我想跟媽媽睡晚一點，被這個小孩搶走了。

可是妹妹出生前，哥哥說：

——寶寶出生後，我要睡在寶寶的旁邊。但後來哥哥就跟祖母睡了。嚴冬時期，有時旅館會關起來，到下面的村莊去。生長在山中唯一的一戶人家的小孩，那強悍的眼神深深吸引了我。兩個都是圓臉的漂亮小孩。

我驀然想起，我是獨生女。

打從出生之後，家裡一直只有我這個小孩，所以我也習慣了，平常不會意識到。雖然不可能不會意識到，但不會想太多。想要有哥哥或姊姊的女學生感傷也似乎消逝了。就連母親過世時，我都沒想過要是我有兄弟姊妹該有多好，直接立刻打電話給你。讓你成了隱瞞我母親那種死法的共犯。事後想想，母親死亡你似乎也有責任……。如果你是我哥哥，我不會做那種事。如果我有哥哥，母親或許不會死，至少我不會墜入那種罪孽的悲哀裡。如今這樣想想，我驚訝得像是清醒了。你不是可以讓我撒嬌的對象，但獨生女的我，無疑對你太撒嬌了。

獨生女的我，獨自住在山中的唯一旅館，想呼喚那不存在的哥哥。這種心情襲擊了我。就算不是哥哥，要是我有姊姊或弟弟該有多好。想呼喚沒有誕生在這世上的姊弟，很奇怪吧。

說到獨生女，其實你也是獨生子，我卻至今都沒想過。你父親來我家時都避談家裡的事，所以也沒說你是獨生子。但有一次你父親對我說：

——沒有兄弟姊妹很寂寞吧。要是有弟弟或妹妹就好了。

我聽了臉色蒼白，渾身不住發抖。

——真的……。太田臨終時，也覺得只有一個獨生女太可憐了。

我那濫好人的母親如此附和後，察覺到我的臉色，似乎倒抽了一口氣。

那時我感到憎惡與恐懼。大概十四、五歲吧，已經很知道母親的事了。

我猜你父親言下之意是，可以生一個和我同母異父的小孩。但如今仔細想想，當時恐怕是我胡思亂想。你父親可能想起你這個獨生子，也或許覺得這個家只剩我和母親兩人，可能很寂寞。不過那時，我心情真的很激動，甚至下定決心，要是我母親生了小孩，我要殺死那個小孩。我從沒想過要殺人，只有那個時候。說不定我真的會殺死那個小孩。不知道是憎惡？嫉妒？還是憤怒？總之就是少女死心眼的戰慄吧。我母親好像感受到什麼，又補了一句：

——我有請人看過手相，說我命中只有一個小孩。

——她可是一抵十的好孩子喔。

——話是沒錯……。可是獨生子女，因為沒有玩伴，會傾向於把自己當玩伴過日子。這樣容易陷在自我裡面，人際關係會變差吧？

你父親可能看我繃著臉不說話，所以才這麼說。我不看他的臉，依然默不吭聲。我像我母親，不是陰鬱的孩子。但即使活潑開朗的時候，只要你父親一來，我立刻沉默不語。我母親對這種小孩的抗議，可能覺得難過吧。但你父親或許不是在說我，而是在說你。

可是話說回來，要是我想殺的孩子出生了，會是怎麼樣的情況呢？我有了弟弟或妹妹，你也有了弟弟或妹妹……

——啊，太可怕了。

我走過高原，越過山嶺，理應已洗滌了這種病態的想法。我可是在「壯麗的天氣」裡走來的。

——壯麗的天氣。

——對啊，壯麗的天氣。

今晨，我離開筋湯不久，在路上聽到村民如此打招呼。這一帶似乎都把「好天氣」稱為「壯麗的天氣」，語尾清晰有力。我的心也舒暢地打招呼。

確實是壯麗的天氣。朝陽下，綿延在路旁的芒草或茅草穗，閃著晶瑩剔透的銀光，橡樹的紅葉也璀璨閃亮。左邊山麓的杉林間，陰影深邃。田埂上鋪著草蓆，讓穿紅色和服的小孩坐在上面。小孩背後的白口袋裝著食物，玩具也放在草蓆上。母親在田裡割稻。這一帶寒氣來得早，所以插秧也插得早，聽說是邊生火邊插秧。但今晨，草蓆上的小孩似乎也感受到溫暖的陽光，所以我也只將鞋子換成膠底帆布鞋，無須一身禦寒裝備。

筋湯有很多登山道，也有翻越山嶺的捷徑，但我決定走到飯田郵局和學校的附近，然後走高原中央，眺望九重群山，悠緩自在地慢慢走。因為我不登山，只是行經諏峨守越去法華院，算是腳程輕鬆之旅。

九重山，由東算起，依序是黑岳、大船山、久住山、三俣山、黑岩山、星生山、獵師岳、涌蓋山、一目山、泉水山等連峰的總稱。群山北側一帶是飯田高原。

說是群山北側，但有涌蓋山等向西繞去，高原北方也有崩平山等，所以其實是被群山環繞，或說由四方山群撐起的圓形高原，真的很像一個美麗夢幻的國度浮現於此。群山楓紅美不勝收，芒草穗浪是白的，但我總覺得高原飄逸著柔和的紫色。高約海拔一千公尺，東西與南北各長約八公里。

我走的是南北向。來到這遼闊的高原時，遠遠可見正前方的三俣山與星生山之間，飄著硫磺山的煙霧。群山晴朗，唯有右邊涌蓋山的天空飄著些許淡淡白雲。離開東京時，我就祈願享有這高原「壯麗的天氣」，一路走來我真的很幸福。

我原先只知道信濃高原，但這飯田高原就如許多人所言，真的浪漫極了，令人流連忘返。柔和，明亮，讓人深感不枉千里迢迢而來，又覺得靜靜地被擁在懷裡。南邊連綿的群山也顯得溫和有氣質。進入別府港時，那擁抱城市般的綿延山巒圓波深深吸引了我，此時在飯田高原看到的九重群山，以高度來說也意外地讓我感到親切的和諧。可能是它們保持均衡，錯落有致吧。久住山海拔一千七百八十七公尺多，是九州第一高山；大船山海拔一千七百八十七公尺，是第二高山。即使這兩座高山還被雲霧擋著，三俣山和星生山也有一千七百四十公尺到一千七百六十公尺的高度。一千七百公尺以上的高山，好像十座左右。可是站在一千公尺的高原上，看著高度差不多的群山並列，覺得溫和許多。此外可能是南國，海也不是那麼遠，高原的色澤才會這麼明亮。

來高原中間的長者原，我在松蔭下休息了很久。長者原散落著一處處稀疏松林。我可能被草原上的松樹吸引吧。起身稍微走了一下，又在松蔭坐下，吃起稍晚的便當。這時大約下午兩點左右。從我的位置環視遼闊的草紅葉，受光處與逆光處的顏色微妙不同。群山的顏色也各有不同。楓紅較濃的山，看似彩繪玻璃。我就這樣宛如置身大自然的天堂。

——我出聲說，啊，真是來對了。不禁潸然淚下，泛著銀光的芒草穗浪也變得模糊，但這並非弄髒悲傷的淚水，而是洗滌悲傷的淚水。

我思念你，但為了離開你，我來到這座高原，我父親的故鄉。然而每當思念你，若糾纏著懊悔與罪孽，我就無法和你分手，也無法重新出發。儘管來到遙遠的高原，我依然思念你，請原諒我。這是為了分手的思念。我漫步在草原上，欣賞群山，依然不斷思念你。

我在松蔭下思念你，想著如果這裡是沒有屋頂的天堂，能不能就這樣直接昇天？就這樣一直坐著不想動，出神地祈願你的幸福。

——請和雪子小姐結婚。

我這麼說，和我內心裡的你分手了。

我不可能讓忘記你，無論以後會以多麼醜陋汙濁的心情憶起你，我都會想到我是在這座高原思念你的時候，和你分手的。從今天起，母親和我，從你的世界完全消失。最後讓我再度向你致歉。

——請原諒我母親。

從飯田高原越過諏峨守越，要登上三俣山的山麓道路，我選擇運輸硫磺的路。硫磺山越來越近，也越來越可怕，從遠處也能看到硫磺煙如噴火冒出。寬廣山腰一帶噴出的硫磺，使得山脊寸草不生，山被燒焦，連岩石和山的表層都一片焦黑，宛如沒有光澤的灰色與褐色形成的廢墟。左邊的小山上，人們正在開採自然的硫磺。他們在噴氣孔裝上圓筒，採集從筒口如冰柱垂下的硫磺。我穿過採集場的煙霧，走過處處裸露的岩石，抵達山頂。

從山頂下到北千里濱，回頭一看，硫磺煙霧使得即將沉入山峰的太陽，宛如蒼白的月亮妖怪。我繼續往前走的前方，則是大船山的美麗楓紅，在夕暮中恍如絕美錦織。然後走下陡峭斜坡，就是法華院溫泉了。

今晚的信寫得很長。因為我想把和你分手，在清澄無濁的高原的一天告訴你。請別惦記我，好好休息，晚安。

五

於竹田町，十月二十三日……

我來到父親的故鄉小鎮。

今天傍晚，我穿過岩山的洞門進入竹田町。從法華院溫泉下到久住高原，從久住町搭巴士十五分鐘到竹田。

我住在伯父家。這是我父親出生的家。第一次看到父親出生的家，感到不可思議。有種既是故鄉，同時也是異鄉的感覺。看到神似父親的伯父時，我心中浮現十年不見的父親面影，如今已無家可歸的我，彷彿有了家。

我說我是從別府繞道九重來的，伯父他們聽了十分驚訝。一個人走山路，一個人下榻溫泉旅館，可能認為我是剛強的女孩吧。我想看山，可是要來父親的家也有過猶豫。因為父親過世後，母親也和父親的生家疏遠了，沒再見過父親那邊的親戚。

——伯父說，妳要是從船上拍電報來，我可以去別府接妳，從別府來很近喔。我心想，我有先寫信說我要來，可是要我拍電報通知抵達的時間，我覺得我們不是這樣的關係。

——我弟弟過世時，妳幾歲？

——十歲。

——十歲啊。伯父重複地說，看著我又說：

——妳長得很像妳母親。我很少見到妳母親，可是看到妳就想起來了。不過妳有些地方也很像我弟弟，例如耳朵的形狀，果然是太田家的耳朵。

——看到伯父，我也想起我父親。

——這樣啊。

——我開始上班後，就不能去旅行了，所以想趁上班前來拜訪……

我這麼說是因為，如今我孤零零一個人，不想讓伯父認為我是來請求幫忙。我對伯父一無所求。母親過世時，伯父也沒來弔唁。畢竟從九州來趕不上葬禮時間，而且我是以密葬處理的……

我只是為了和母親有關聯的你分手，想來父親的故鄉看看；想擺脫母親那瘋狂的愛的漩渦，回歸健全的父親的回憶。但這岩山圍繞的小鎮到了夕暮時分，我也有種來到敗逃者隱匿的村莊的落寞。

今晨我在法華院睡過頭。

「早安。」旅館的人打招呼說，孩子們一早就在下面「騷動」，可能吵得我睡不好吧。但我一點感覺都沒有。

服務生端早餐來，目光銳利的小女孩也跟來，緊緊依偎祖母坐著，但聽說她今晨從主屋和別棟之間的橋掉下去。那座橋有四、五公尺高，所幸運氣好，掉在三塊岩石的正中央，撿回了一條命。聽說獲救之後，她哭著喊：

——木屐流走了，木屐流走了。大夥兒逗她說，再掉一次看看啊。

——沒有衣服穿，我不掉了。

小女孩的和服晾在小河岸的岩石上。那是一件紅色兒童背心，上面有粗藏青底碎白花紋和蝴蝶、牡丹圖案。看到旭日照在紅色兒童背心上，我感到溫馨的生命恩澤。居然能正好落在三塊岩石間，意味著什麼呢？三塊岩石間的空隙，狹小到只能塞進幼兒身體。只要有些偏差，撞到了岩石，即使不喪命，可能也會殘廢。小孩不知道這種危險，也不懂得害怕，也沒說身體哪裡痛，一副滿不在乎的樣子。我覺得墜落得這麼巧妙的是這個孩子，但也不是這個孩子。

我無法讓我母親復活，但總覺得有什麼使我活下去，我祈願你幸福的心也更加堅定。我想在人的侮辱與罪的岩石之間，也有像拯救這孩子墜落般的地方吧。

我帶著想沾這孩子的幸運的心情，撫摸她妹妹頭的濃密頭髮，離開了法華院。

大船山的楓紅太美，所以我走訪坊之鶴。這是由三俣山、大船山、平治岳圍繞的盆地。三俣山，我昨天是看到反面那邊，一路走到筑紫山岳會的馬醉木小屋附近。馬醉木的群落裡，長著可愛的千層塔[3]，有點像檜葉金髮蘚，高約兩三寸。也找到越橘[4]和岩鏡[5]。據說大船山的楓紅裡，黑黑的都是杜鵑。而且一棵低矮的杜鵑擴展開來，有六疊榻榻米那麼大。坊之鶴也有許多霧島杜鵑，還有這裡的芒草又細又矮，花穗也只有一寸。

聽說今晨山頂的氣溫降到零度，但坊之鶴有向陽處的感覺，宛如溫暖了楓紅色澤與盆地。

回到旅館附近，從白口岳和立中山之間的鋅立嶺下到佐渡窪。這是個形狀像佐渡島的盆地，枯立著許多薊草。從佐渡窪下鍋破坂，來到朽網別，就可以展望遼闊的久住高原了。我從鍋破坂是鑽過雜樹林，走石子路下去，沿途只聽到自己踩落葉的聲音。

由於沒有遇見半個人，感覺只有自己踩著大自然前進的腳步聲。來到朽網別，左邊的楓紅景色也美不勝收。從這裡應該可以眺望阿蘇五岳，可惜被雲層擋住，只隱約可見祖母山與傾山連峰。但久住高原是方圓二十公里的草原，連結遙遠的阿蘇北方的原野波野原，整片擴大出去。往南應該可以回眺九重（或久住）的群山，可惜也都鎖在雲層裡。我穿越高得可以隱沒人的芒草叢，經過放牧場，終於抵達久住町。

久住的南登山口，有一座「豬鹿狼寺」的罕見名寺遺跡。無論豬鹿狼寺或法華院，都是擁有數百年歷史的靈場。九重群山原本就是靈場。我覺得自己也走過靈場而來，真是太好了。

夜深人靜，伯父一家人都睡了。我也不能像在旅館那樣獨自醒著，寫信寫個沒完沒了。

——晚安。

3 千層塔，中海拔山區林下可見的石松科石杉屬植物，喜生有青苔植被的土坡，葉緣鋸齒。

4 越橘，杜鵑花科的落葉灌木植物，紅果實可食用。

5 岩鏡，日本高山植物，生長在多岩石地區，葉片光滑如鏡。

六

竹田町，十月二十四日……

在竹田車站，每當豐肥線的火車進站或離站，都會播放〈荒城之月〉這首歌。當地人說，作曲家瀧廉太郎[6]將竹田町的岡城遺址放在心上，作了這首〈荒城之月〉。瀧廉太郎的父親，於明治二十年左右當上這裡的郡長，舉家遷到竹田町，因此廉太郎也曾讀過竹田町以前的高等小學校，年少時就常去岡城遺址遊玩。

瀧廉太郎歿於明治三十六年，得年二十五歲。這是虛歲，後年我也是這個年紀了。

——我想在二十五歲死。我想起就讀女學校時，和朋友說過這句話。好像是朋友說的，但也好像是我說的。

〈荒城之月〉的作詞者土井晚翠[7]也於今年過世了。聽我來竹田町不久之前，人們在岡城遺址為土井晩翠舉辦了追悼會。據說作曲的廉太郎和作詞的晚翠，曾在倫敦見過一次面。在異鄉的年輕詩人與音樂家的邂逅，誕生了這首〈荒城之月〉，那時我父親還很年幼，不曉得知不知道這首歌。但兩人留下了美好的歌曲。現在已經沒人會唱這首〈荒城之月〉。而我也曾見過你一面，會留下什麼嗎？

——留下瀧廉太郎這種天才之子……。我被忽然這麼想的自己嚇到。我會想這種如夢似幻的事，將這種事寫在信裡，或許是今天在父親的故鄉，感到自在放鬆吧。但是，你有沒有想過，女人總會為了有什麼不測，不知出於害怕或喜悅而惶惶不安。你是否也曾和我一樣，有過惶惶不安的時候。我

6 瀧廉太郎（1879-1903），音樂家、作曲家。東京音樂學校（現東京國立藝術大學）畢業，留學德國萊比錫皇家音樂學院，是明治時代的西洋音樂黎明期的代表音樂家之一。

7 土井晚翠（1871-1952），詩人，東京帝國大學英國文學部畢業，擅長史詩類的敘事詩。代表詩集《曉鍾》《遊子吟》等。二次大戰後獲文化勳章。

因為意想不到的惶惶不安，意識到我是個女人。我甚至夢見，我沒告訴你，瞞著你，獨自把小孩撫養長大。會變成這樣，彷彿也是因為我是我母親的女兒，是一種因果循環，我甚至有了這種虛構的覺悟。你嚇了一跳吧？身為女人的我，光是這樣就消瘦了。但是，這種不安並沒有持續太久。

我只是在竹田車站聽到〈荒城之月〉，想起前陣子的不安而已。

岩山四方環繞中，有竹田之町，與秋川流水聲

今天我打算在竹田町內漫步，渡過秋川流水聲的橋就聽到歌聲，吸引我往車站走去。好像是車站裡的某處在放唱片。昨天我不是搭火車，而是從久住町坐巴士來，所以沒有發現。

這條河川就在車站前面。從車站回到這座橋，歌還持續唱著，所以我靠著欄杆佇立了片刻，眺望河川景色。河川上游的左岸，河灘大岩石上立著柱

子，突出河面，並排著像茅舍般的房子。岩石邊有女人在洗衣服。車站後面也逼近岩壁。岩壁上流著如纖細瀑布的水。岩山雖已楓紅，但仍可見零星綠意。

我想著你，漫步在我父親的故鄉。如今父親的故鄉，已非陌生小鎮。昨天傍晚抵達時，我還不知道。到了今晨一看，真的是很小的小鎮。不管往哪邊走，都會碰到岩壁。我也覺得置身於「岩山四方環繞中」。

昨晚，伯父用的旅館火柴盒，印著「山紫水明，竹田美人」字樣。

——我不禁笑說，好像京都喔。

——真的啦，這裡有竹田美人的稱號。無論琴藝或茶道，以前這裡就是遊藝鼎盛之地。而且水很乾淨，流過小鎮屋簷下的小水溝，這裡叫井出，妳父親小時候，早上用井出的水漱口，碗也是用井出的水洗的。

人口僅僅一萬人的小鎮，寺院卻有十幾座，神社也將近十處，或許稱得上小京都。

——伯父又說，現在竹田美人也沒了，以前去東京人的寥寥可數。可是我走在鎮上，看到的女人都非常美麗。走近小鎮邊緣的洞門時，岩山上已是楓紅，但聳立在洞門對面的出口處岩石卻長著青苔的綠，我看見一位穿白毛衣的美麗小姐，從那片綠意裡走來。

小鎮中央有一條鋪柏油路的商店街，掛著寂寞的鈴蘭燈，但從旁邊轉進去就是靜謐的老街，但同樣也是不久就會碰到岩壁。有石崖、白牆倉庫、黑木板牆，也有快要頹圮的圍牆，真的是古老街區。聽說明治十年的西南戰爭，整個小鎮都被燒毀，只有山麓那邊留下幾間房子。回到伯父家，談到小鎮的事，伯母說：

——妳這不就把竹田町都走遍了嗎？

田能村竹田[8]的故居、田伏屋敷遺址的天主教隱匿禮拜堂、中川神社的聖地牙哥之鐘、廣瀨神社、岡城遺址、魚住瀑布、碧雲寺等名勝古蹟，不到半天就走完了。

田能村竹田，現在竹田町也有很多人稱他「竹田先生」。昨天我從久住來的那條路，是以前大名行列走的路，也是竹田和廣瀨淡窗[9]等豐後文人往返必經之路。賴山陽[10]來拜訪竹田也走這條路。竹田的故居，還保存著他和山陽喝煎茶的茶室。茶室與主屋之間的庭園，陽光照在芭蕉泛黃的葉子與枯折的葉子上。梧桐樹也黃了。竹田請山陽吃蔬菜的菜圃遺跡，也在主屋前面。竹田紀念館的聖畫堂是新建築，但裡面也有茶席，聽說這裡可以喝抹茶，也掛著竹田的南畫。

天主教的隱匿禮拜堂，位於竹田莊附近，是在竹叢深處的岩壁挖出一

8 田能村竹田（1777-1835），生於當時的豐後國直入郡竹田町（現大分縣竹田市），江戶後期的文人畫畫家，豐後南畫之祖。故居竹田莊為國家指定史跡。

9 廣瀨淡窗（1782-1856），江戶時代的儒學學者，豐後國日田人。

10 賴山陽（1781-1832），江戶時代的文人、歷史學家、儒學者。他在東山鴨川畔的書齋名為「山紫水明處」，「山紫水明」日後遂成為形容風景優美之詞。

個相當寬廣的洞窟。聖地牙哥之鐘刻著「1962 SANTIAGO HOSPITAL」字樣。

原來竹田町以前的城主是天主教徒。

竹田莊的庭園有織部燈籠[11]，沿著小路稍微往上走，右轉是竹田莊的石崖，左轉對面的宅邸住著古田織部的子孫。走過這棟宅邸前，我的心臟撲通撲通跳。相傳古田織部的兒子，以前就來竹田住了。我記得有個上殿町，是以前武家屋敷之町。

我無法忘記，在圓覺寺茶會上，第一次見到你時，稻村小姐在沏茶時問：

——茶碗呢？

——這個嘛，用那個織部茶碗吧。

栗本老師說，這是你父親愛用的茶碗，是你父親送給她的。但這個茶碗，在你父親之前，是我父親生前擁有的。母親把它讓給你父親。雪子小姐用這個黑織部茶碗沏茶，你喝了這碗茶。光是這樣，我的臉就抬不起來了，想不到我母親居然說：

——我也要用這個茶碗，喝碗茶……

母親可能喝下了命運之毒吧。

我萬萬沒料到來到父親的故鄉，會想起那茶席上的種種事情。如果那個黑織部茶碗還在栗本老師手裡，請將它取回，並讓它去向不明。也請你把我當成去向不明。

我已經走遍父親的故鄉，所以要離開竹田町了。我鉅細靡遺寫了這個小鎮的事，也是因為我認為不會再來了。我想在父親的故鄉向你道別。我不打算寄出這封信，但若寄出，也是最後一封信。

11 織部燈籠，江户茶人古田織部特別喜愛的一種燈籠，因而得名「織部」。

岡城遺址，除了石崖，什麼都沒留下。但要衝高地的視野遼闊，秋晴時可眺望山巒。祖母山、傾山等群山，還有反方向的九重，只有大船山的山頂罩著淡淡白雲。我一路走來的高原和山嶺就在那個方位。我在高原松蔭下或芒草穗浪裡，不斷思念你的時候，我覺得已經和你道別了。到現在還說道別什麼的，未免太依依不捨。就算我應該從你的世界消失，但身為女人沒這麼容易。所以請原諒我。晚安。

雖然我在旅行的信裡寫到，請你和雪子小姐結婚，但這是你的自由。我和母親，一點都不想妨礙你的自由，更遑論你的幸福。請你絕對不要來找我。

旅行的六天裡，連續寫無聊的事，你會覺得女人真是繁瑣囉嗦吧。我只是希望你能了解即將離你遠去的我，但語言是空虛的，女人還是希望能待在對方身邊。儘管希望你能了解這一點，但這也和現在的我相反。我要從父親的故鄉重新出發。再見。

七

將近一年半前讀文子這些信，和雪子蜜月旅行回來再重讀這些信，菊治對這些信的解讀已大不相同。

但究竟有何不同，菊治也很難闡明。語言是空虛的？

菊治拿著整捆文子的信，到新居的院子燒掉。說是院子其實也不像院子，只是用粗糙木板圍起的一塊狹小空地。

可是整捆的信，很難燒。

因此菊治將整捆的信鬆開，頻頻劃火柴。文子用的墨水逐漸變色，但燒成灰後依然有文字殘留。

「把文字都燒掉吧。」

菊治將一張張信紙往火裡扔。

要是信都燒光了，文子的語言會變成怎樣呢？菊治為了避開煙塵，將臉轉向一邊，看著冬陽斜斜照在木板圍牆的一隅。

「旅行玩得開心嗎？」

走廊突然傳來栗本千花子的聲音，菊治不禁打了個寒顫。

「幹嘛默不吭聲就進來。」

「我有出聲喔，可是你沒有回應。聽說新婚家庭最容易被小偷盯上。女僕還沒來嗎？或許暫時過一段小倆口的時光比較好。而且雪子也打理得不錯。」

「妳從哪裡聽來的？」

「你家的事嗎？蛇的路徑蛇最清楚了。」

「妳真的是蛇。」菊治不屑地說。

菊治的父親過世後，千花子隨意進入菊治家，如今居然也出現在這個家，菊治厭惡不已。

「可是天氣這麼冷，要雪子做碰冷水的工作，也太為難她了。我來服侍你吧。」

菊治沒有回頭看她。

「你在燒什麼？文子的信嗎？」

菊治蹲著，腿上放著還沒燒的信，千花子理應看不到。

「如果是燒文子的信，會很溫暖吧。好事一樁。」

「這個家已經沒落了，妳也不用再進進出出。我拒絕。」

「我不會打擾你們呀。況且你和雪子的媒人是我喲，而且你說不定很感激，我也就放心了。只是希望你能讓我服侍你……」

菊治將剩下的信塞進懷裡，站了起來。

千花子已經站在走廊的邊邊，看到菊治的臉色，不禁又退了一步說：

「哎呀？你幹嘛一臉兇巴巴的？雪子好像還沒把行李整理好，我只是想來幫忙而已……」

「不用妳多管閒事。」

「這怎麼會是閒事。難道你就不能明白我一番服侍之心？」

千花子當場癱軟坐下，然後揚起左肩，卻又畏懼似地有些掙扎。

「你太太回娘家了吧。你為什麼把太太留在娘家，自己這麼快就回來，他們很擔心喔。」

「妳也去過雪子家了？」

「我是去祝賀。如果不妥，我道歉。」

由於千花子看著菊治的臉色，菊治也收斂怒氣。

「對了，那個黑織部茶碗還在妳那裡吧？」

「你父親送我的那個？對啊。」

「我希望妳讓給我。」

「好。」

但千花子狐疑迷惘的眼神，不久就變得怨恨冷淡。

「好。你父親的東西，我是一生都不想放手，不過既然你要的話，看是今天或明天……。你想從事茶道了嗎？」

「我希望妳現在立刻拿來。」

「我知道了。等你把文子的信燒完，用黑織部茶碗喝碗茶吧。」

千花子低著頭，像在撥開什麼似地走出去。

菊治又來到院子，雙手發抖，火柴都很難劃著。

新家庭

一

雪子在日常生活裡是個精神奕奕的女人，但菊治也看過，她偶爾會面對鋼琴發呆。

在這個家裡，鋼琴顯得很大。

這台鋼琴是菊治建立新關係的製作所的產品。菊治的父親生前是樂器公司的股東。這家樂器公司，有段時期當然也被迫改做兵器。戰後，樂器公司裡的一名技師想製作自己設計的鋼琴，由於父親的緣故常來找菊治商量。菊治便拿賣房子的錢去投資。

這間小型鋼琴製作所的試製品，也送一台到菊治的新家。雪子的鋼琴留給娘家的妹妹。娘家並非買不起另一台鋼琴給妹妹，因此菊治曾兩三次對雪子說：

「如果這台鋼琴不好，把妳以前那台搬過來就好了。真的不用顧慮我。」

菊治以為雪子在鋼琴前發呆，會不會是不喜歡這台鋼琴。

「這台很好啊。」雪子宛如聽到意外的事說：「雖然我不是很懂，可是調音師也很誇讚這台鋼琴吧？」

其實菊治內心也明白，並非鋼琴的緣故。而且雪子喜歡鋼琴還不到挑剔的程度，不是那麼熱愛，也是不那麼擅長。

「因為妳坐在鋼琴前面發呆……」菊治說：「看起來好像不喜歡這台鋼琴。」

「跟鋼琴無關，是別的事。」

雪子坦率回答，接下來應該還有話，卻忽然改變話題似地問：

「你發現我在發呆啊？什麼時候看到的？」

玄關旁照例有個西式房間，鋼琴擺在那裡，從飯廳或二樓的菊治房間都看不見。

「我在娘家的時候，家裡總是吵吵鬧鬧，連發呆的時間都沒有。可以發呆是很難得的。」

菊治想起雪子的娘家，有父母有兄弟姊妹，還有很多客人進出，確實非常熱鬧。

「可是以前認識妳的時候，我覺得妳是個沉默寡言的人。」

「哦？我話很多喲。我和母親或妹妹在一起的時候，沒有安靜不說話的。三個人裡面，一定有人在說話。但是三個人裡面，我可能是話最少的。如果覺得母親在客人面前講太多話了，我就沉默不語。母親那些應酬話，你聽了也會厭煩吧。如果一直待母親身邊，我說不定會變成沉默冷淡的女孩。不過妹妹很會配合母親就是……」

「妳母親是希望把妳嫁給更好的人家吧。」

「對啊。」雪子率直地點頭，「來到這裡以後，我說的話大概只有以前的十分之一。」

「畢竟白天妳一個人在家。」

「就算你在家的時候，我也不會像著火似的講個沒完吧。」

「說的也是。外出散步，妳就說的比較多了。」

菊治說著，想起夜晚兩人去街上散步時，雪子似乎忘記最近的寒冷，開心地說了很多話，還依偎了過來，主動牽手。雪子步出家門，可能比較有解放感吧。

「現在我不會一個人外出閒晃，可是在娘家時，我只要外出回來，都會把外面的事一一跟母親說。然後同樣的事，再跟父親說一遍。」

「這樣妳父親也很開心吧。」

雪子凝視了菊治半晌，點點頭。

「跟父親說的時候，母親已經聽第二遍了，所以常常竊竊低笑。」

菊治似乎還無法理解，雪子離開那充滿溫暖親情的家，來到這裡，坐在簡陋的飯廳，是怎樣的心情。

雪子的睫毛間，有顆淡色小黑痣，菊治也是在兩人一起生活後才發現。雪子的皓齒之美，菊治也是同住在一個屋簷下後，才發現那皓齒閃閃發亮。接吻時也被這美齒的清純感動。

抱著逐漸習慣接吻的雪子，菊治忽然湧出淚水。由於停在接吻的階段，菊治覺得雪子是無上珍貴而楚楚可憐的人。

但停留在接吻階段，雪子似乎不像菊治那樣感到懊惱與焦慮。雪子對結婚不可能一無所知，但光是接吻與擁抱，就讓她感到十分新奇驚異，而且像得到充足的愛來回應菊治。

菊治雖然感到痛苦，但有時也會轉念這麼想，這樣的新婚生活其實也並非不自然，不健康吧？

雪子在蔬果店買回來的蘿蔔和水菜，連這蔬菜的綠與白，都讓菊治感到新鮮。光是這樣就很幸福了吧。在老家和老女傭生活時，菊治從未留意過廚房的蔬菜。

「你一個人住在那麼大房子裡，不會寂寞嗎？」

來到這個家不久，雪子曾如此問過。即使如此簡短的詢問，菊治也坦然地覺得，連自己的過去都得到了安慰。

菊治早晨醒來，若發現雪子不在身邊，會忽然感到寂寞。雪子得做早餐，理所當然比菊治早起。但菊治覺得醒來看到雪子的睡姿，有種溫馨的感覺，所以也儘可能比雪子早醒。如果隔壁床鋪不見雪子，他甚至會有些許不安。

有天傍晚，菊治回來就說：

「雪子，妳用的香水是Prince Matchabelli嗎？」

「哎呀，怎麼了？」

「因為鋼琴的事，我遇見一位女客人，她這麼說。有些人鼻子真靈啊。」

「香味是怎麼傳過去的？」

雪子接過菊治穿的上衣，聞了一聞，想起似地說：

「我都忘了香水瓶放在西裝衣櫃裡了。」

二

二月底，連下三天的雨，終於在傍晚前停了。雖然天空還是一片柔和的陰霾，但已有淡桃色徐徐拓開。在這樣的星期天，栗本千花子抱著黑織部茶碗來了。

「我把深具紀念意義的茶碗拿來了。」

千花子說完，從雙層盒裡取出茶碗，雙手捧著端詳了一會兒，然後將茶碗放在菊治膝前。
「接下來剛好可以用這個茶碗。上面的圖案是蕨菜的嫩芽……」
菊治甚至不想拿起茶碗地說：
「我都已經忘記了，妳才拿來。我要妳在那天當天拿來，因為妳沒來，我以為妳不會拿來了。」
「這是早春的茶碗，在寒冬拿來也派不上用場吧。況且要我放手的話，我還真捨不得，難以和它分開，所以……」
雪子端了粗茶來。
「哎呀，太太，真是不敢當。」千花子誇張地說：「妳就這樣沒有女傭，度過了寒冬啊？真是能吃苦耐勞啊。」
「因為我們想暫時過過小倆口的日子。」
雪子說得直截了當，菊治有點嚇到。
「不好意思。」

千花子自顧自地點頭，又說：

「太太，妳記得這個織部茶碗嗎？難以忘懷吧？我把它拿來當賀禮送給你們，是至高無上的……」

雪子徵求意見般地看向菊治。

「太太，請妳也來火盆邊。」千花子說。

「好。」

雪子往菊治那裡走去，幾乎肘碰肘地坐在一起。菊治似乎忍著不笑出來，對千花子說：

「我不能收這個東西，我是希望妳賣給我。」

「這怎麼可以！你要想想看，這是你父親送我的東西，我再怎麼潦倒也不能賣給你……」

然後千花子正經八百地對雪子說：

「太太，好久沒有欣賞妳沏茶了。能把沏茶做得那麼率真又有氣質的人，世上沒有第二個。妳在圓覺寺的茶會上，用這個織部茶碗，第一次為菊治沏茶的情景，我至今歷歷在目呢。」

雪子靜默不語。

「如果妳願意用這個織部茶碗，再為菊治沏一碗茶，我今天拿來就有意義了。」

「可是，我家沒有沏茶的茶具。」雪子低著頭回答。

「唉，別這麼說……。沏茶只要有茶筅就夠了。」

「哦……」

「請好好珍惜這個織部茶碗。」

「好。」

千花子看向菊治說：

「說什麼你家沒有茶具，你有水指吧？那個志野的。」

「那是插花用的。」菊治慌忙說。

太田夫人的遺物水指，菊治再怎麼樣也沒賣掉，帶來新家這裡。一直放在壁櫥裡，幾乎都快忘了。此刻千花子突然提起，菊治心頭一驚。但這也讓菊治明白，千花子至今仍對太田夫人懷恨在心。

雪子陪同菊治，送千花子到玄關。

千花子在門口仰望天空說：

「整個東京的天空，彷彿映上了城市燈火……。感覺都溫暖起來了。」

她說完揚起單邊肩膀，搖搖晃晃地走了

雪子依然坐在玄關說：

「太太，太太，她說得好故意喔，真討厭。」

「真的很討厭。她應該不會再來了吧。」

菊治也在玄關站了片刻。

「可是，她說整個東京的天空彷彿映上了城市燈火，說得真好。」

雪子走下來，打開玄關門，眺望天空。當她轉身想關門時，菊治還在凝望天空，所以她躊躇了半晌。

「可以關門了嗎？」

「好啊。」

「真的變暖和了。」

兩人回到飯廳，織部茶碗依然擺在那裡。菊治等雪子收好後，說想去街上走走。

兩人登上高台的住宅區。雪子在沒有行人的地方，主動牽菊治的手。雪子想藉由牽手來安慰菊治，但她的手在寒冬冷水裡做事，變得粗糙僵硬。

「那個茶碗，你不會白白收下，要用買的吧？」雪子忽然問。

「對，要賣的。」

「就是嘛，她是來賣的吧。」

「不是。我的意思是，我要賣給茶具店。然後把賣的錢給栗本就好。」

「哎呀，你要拿去賣掉？」

「那個茶碗，妳在圓覺寺的茶會上也聽說了吧？就如剛才栗本所言，是我老爸送給她的。但在我老爸之前，那個茶碗是太田家收藏的。因為是有這種因緣的茶碗……」

「可是，我不在意這種事。如果是好茶碗，不妨留在身邊吧。」

「確實好茶碗沒錯，不過正因為是好茶碗，為了茶碗本身好，更應該把它交給茶具店，讓它來離開我們去向不明比較好。」

菊治無意間說出文子信裡的話，讓它去向不明。從栗本千花子那裡拿回茶碗，也是遵照文子的信做。

「那個茶碗有它自己精彩的生命，讓它離開我們活下去吧。這個『我們』裡，可能不包含妳……。那個茶碗本身強健美麗，形姿也沒有纏繞不健康的虛妄執念，是我們伴隨著茶碗的記憶不好，以邪惡的眼光看茶碗。我說的『我們』頂多不過五、六個人。然而自古至今，不曉得有幾百個人，正確且珍惜地使用過它。那個茶碗從製成至今，大概有四百年了。太田先生或我老爸或栗本持有的時間，從茶碗的壽命來看，相當短暫。希望能把它交到健全的持有者那裡。即使我們死後，只要那個織部茶碗能在誰那裡綻放美麗就好。」

「哦？既然你這麼想，不要賣掉豈不更好？我是無所謂喔。」

「我不會捨不得放手。我對茶碗向來不執著。我想把我們的汙垢，從那個茶碗身上洗掉。讓栗本持有，我也覺得噁心。例如她居然在圓覺寺的茶會，在那種時候拿出來。茶碗是不會被人類醜陋的因緣束縛的。」

「聽起來好像茶碗比人類偉大。」

「或許真是這樣。我不懂茶碗，但那是有眼光的人幾百年傳下來的，不是我能摔破的東西。還是讓它去向不明吧。」

「把它當作我們初見面的紀念茶碗留下來，我覺得很好喔。」雪子以清澈的聲音再提一次，「就算我現在不太明白，但有朝一日，能夠看懂那個茶碗的話，也會很開心吧……。我不在乎以前的事。要是你賣掉的話，日後想起不會難過嗎？」

「不會。那個茶碗的命運，注定要離開我們，去向不明。」

說到茶碗，居然用到命運二字，菊治心如刀割地憶起文子。

兩人散步了一個半小時回到家。

雪子想將火盆裡的火移到暖桌時，忽然以雙掌包住菊治的手，似乎想讓他知道左手和右手的溫度不同。

「栗本老師送了伴手禮和菓子，要不要吃？」

「不要。」

「這樣啊。除了和菓子，她還送了濃茶喔，說是從京都買來的……」雪子沒有芥蒂地說。

織部茶碗已用包袱巾包著，菊治起身將它收進壁櫥時，看到裡面的志野水指，打算將它和茶碗一起賣掉。

雪子準備睡覺，搽完面霜，取下髮夾，鬆開長髮，邊梳頭邊說：

「我也來把頭髮剪短好了？你覺得如何？不過讓人看到後頸，總覺得不好意思。」

雪子撩起後面的頭髮讓菊治看後頸。

可能是口紅不易擦掉，雪子將臉湊近鏡子，微張嘴唇，以紗布擦掉口紅，又照照鏡子。

兩人在黑暗中溫暖彼此，菊治陷入深深的思忖，照這樣下去何時才能冒瀆神聖的憧憬？但最純潔的東西，不會受到任何汙染，所以才能原諒一切。難道這是不可能的嗎？菊治就這樣揣想著自私的救贖。

雪子睡著後，菊治抽掉手臂，但離開雪子的體溫感到相當寂寞。果然不該結婚啊，這種咬牙切齒的懊悔，在旁邊的冰冷床鋪等著他。

三

淡桃色徐徐拓開的黃昏天空，持續了兩天。

菊治在下班的電車裡，看到新蓋大樓的窗燈都白晃晃的，心想那是什麼？好像是螢光燈。宛如在展現新大樓的喜悅，每個房間都燈火通明。這棟大樓的斜上方，可見近乎滿月的明月。

菊治快到家時，天空的桃紅可能被日落那邊吸引去了，宛如下沉般，化為天邊晚霞。

到了自家轉角處，菊治有些不安，伸手摸了摸外套的內袋，確定支票在裡面。

雪子從鄰家的門出來，小跑步進入自家的門。菊治看到她的背影，但雪子沒發現菊治。

「雪子，雪子。」

雪子從家門出來，紅著臉說：

「你回來啦。你剛才看到了？我是去隔壁接妹妹打來的電話……」

「哦？」

菊治深感意外。什麼時候開始請隔壁家轉接電話？

「今天傍晚的天空跟昨天很像啊。不過比昨天晴朗也更溫暖。」

雪子仰望天空。

換衣服時，菊治拿出支票，放在茶櫃上。

雪子低頭收拾菊治換下的衣服，一邊說：

「妹妹打電話來說，昨天星期天，她本來想和父親一起來……」

「來我們家？」

「是啊。」

「就來啊……」菊治若無其事地說。

雪子用毛刷刷長褲的手突然停了。

「說什麼就來啊……」雪子頂回去似地說：「我之前才寫信回家，請他們暫時不要來。」

菊治感到詫異，差點反問為什麼？旋即恍然大悟。因為還沒徹底成為夫妻，雪子害怕她父親來。

但雪子立即抬頭看著菊治說：

「我父親想來。我希望你能邀請他來。」

看著雪子光彩奪目的雙眸，菊治如此回答：

「就算沒有邀請，他想來就可以來啊。」

「畢竟是女兒嫁出去的地方……。不過也不見得是這樣。」雪子開朗地說。

其實菊治比雪子更怕岳父來到這裡吧。雪子沒說之前，他沒察覺到。結婚之後，他確實尚未邀請雪子的雙親和妹妹來，幾乎可說把雪子娘家的親人都忘記了。菊治就是如此介意自己和雪子的異常結合。又或者說，其實沒有真正結合，所以完全不會想到雪子以外的人。

只是，讓菊治如此無力的太田夫人與文子的回憶，總是像幻影蝴蝶般縈繞在腦海。菊治彷彿可以看見在腦海黑暗底部飛舞的蝴蝶。這並非太田夫人的幽靈，而是菊治的悔恨化身。

然而，雪子寫信叫自己的父親不要來，這件事足以讓菊治洞悉雪子的悲傷與迷惘。就如栗本千花子覺得可疑的，雪子不請女傭自己過冬，可能是怕女傭察覺夫妻倆的祕密。

儘管如此，雪子在菊治面前經常顯得光彩奪目而開朗，不見得都是為了盡力撫慰菊治。

「妳叫妳父親不要來的信，什麼時候寄出的？」

「我想想看，好像是正月，過了七天吧？過年的時候，你和我一起回娘家不是嗎？」

「那是初三吧。」

「之後過了四、五天寄的。大年初二，我父母為了招呼客人很忙，所以我妹一個人來拜年吧。」

「嗯，她也來傳達訊息，希望我們初三能去橫濱。」菊治邊回憶邊說：「不過寫信叫妳父親不要來，實在不妥。請他下個星期天來玩如何？」

「好，他會很高興，一定也會帶妹妹來。他一個人來可能會覺得尷尬吧……？我也希望妹妹一起來比較好。真是奇妙啊。」

有妹妹在，雪子也比較輕鬆吧。雪子一定是儘量不想讓父親看到，自己和菊治不像結婚的結婚之處。

雪子事先燒了洗澡水。她去小浴室，隨即傳出查看熱水溫度的聲音。

「吃飯前要不要先洗個澡？」

「好啊。」

菊治泡進浴缸裡，雪子在浴室玻璃門外說：

「茶櫃有張支票，那是什麼？」

「哦，那個啊，那是賣掉織部茶碗的錢。要給栗本。」
「那個茶碗這麼貴啊？」
「不，那包括我們家水指的份。」
「我們的份有多少？」
「大概一半吧。」
「一半也是一筆巨款耶。」
「對啊。要怎麼花呢？」
雪子知道織部茶碗的事，昨晚散步時也聊過。但志野水指的因緣，雪子就一無所知了。
雪子站在浴室玻璃門外說：
「不要亂花，拿去買股票怎麼樣？」
「股票？」
菊治相當意外。

「你聽我說……」雪子打開玻璃門進來，「我父親曾經拿了一筆錢給我和妹妹，大概是這個一半的一半的錢，叫我們把錢變多。我們就拿去經常來往的證券商買股票。買了可靠的股票，下跌的時候不賣，等到漲的時候才賣，然後再買別的股票，錢就這樣一點一點變多了。」

「哦？」

菊治彷彿看到雪子娘家的家風。

「我和妹妹，每天都看報紙的股市行情喔。」

「妳現在還持有那些股票嗎？」

「有啊，我一直放在證券商那裡，自己沒看過就是……。反正跌的時候別賣就不會賠錢。」雪子單純地說。

「那這筆錢，也拿去放在妳的股票戶頭裡吧。」

菊治笑著看雪子。雪子繫著白色圍裙，腳穿紅色毛線襪。

「妳要不要進來一起泡？」

雪子眼裡滿是羞澀，美麗極了。
「我還得準備晚餐。」說著便輕快走了出去。

四

這個星期六，已進入三月。
由於父親和妹妹明天要來，雪子晚飯後獨自上街買東西，甚至買了水果和鮮花回來。她打掃廚房到很晚，然後坐在梳妝臺前，長時間梳整頭髮。
「今天我去美容院的時候，真的很想把頭髮剪短。前幾天你也說可以剪。可是我怕嚇到我父親……。所以只讓他們幫我整個髮型，可是我不喜歡這髮型，總覺得怪怪的。」雪子自言自語地說。
上床之後，雪子也顯得心神不寧。菊治有些嫉妒，心想父親和妹妹要來是這麼高興的事嗎？但也明白這是雪子寂寞之故，因此輕柔地將她摟過來。

「妳的手很冰耶。」

菊治將她的手放在自己的胸膛，伸出一隻手摟著她的脖子，另一隻手伸進袖子摸她的肩膀。

「說些什麼來聽吧。」

雪子挪開嘴唇，轉動臉部。

「有點癢吧。」

菊治撥開雪子的頭髮，集中到耳朵後面，接著說：

「妳要我說些什麼給妳聽，那妳記得在伊豆山說的話嗎？」

「我不記得了。」

菊治忘不了。那時，他在黑暗的深淵，闔上顫抖的眼瞼，想起文子，想起太田夫人，萌生一種罪惡的掙扎，想藉由這個幻想得到力量，前進雪子的純潔。明天雪子的父親會來，菊治心想能否以今夜為界，跨過那一條線，因此又試著回想太田夫人那女人的性慾波濤，卻只是更感到受雪子的清純。

「妳來說說話啦。」
「我沒什麼好說的。」
「明天，見到妳父親，妳打算說什麼……？」
「這個到時候看情況就好了。我父親只是來我們家坐坐，看到我們過得很幸福就心滿意足了。」
雪子見菊治靜靜地不動，也將自己的臉偎在菊治胸膛，然後也靜靜地不動。
隔天早上十點多，雪子的父親和妹妹來了。雪子起勁地忙東忙西，和妹妹有說有笑。要提前吃午餐時，栗本千花子來了。
「有客人啊？我想跟菊治聊一聊，方便嗎？」
菊治聽到千花子在玄關如此對雪子說，旋即起身走去玄關。
「你把那個織部茶碗賣了是嗎？你從我這裡拿回去，就是為了要賣掉它？然後再把賣的錢寄給我？這是怎麼回事？」千花子接二連三地興師問罪，「我原本想立刻來找你問清楚，可是想到你星期天才會在家，我真是急壞了。雖然晚上也可以來……」

千花子從手提袋取出菊治寄給她的信。

「這個還給你。錢原封不動放在裡面，請你點點看……」

「不，我希望妳收下這筆錢。」菊治說。

「為什麼我要收這筆錢？這是分手費嗎？」

「別開玩笑了。我沒必要給妳什麼分手費吧？」

「說的也是。如果說是分手費，賣掉那個織部茶碗，然後把錢給我，這樣也很奇怪。」

「那個茶碗是妳的，所以我把賣的錢寄給妳。」

「可是那是我送你的呀。因為你想要那個茶碗，我也覺得很適合送給你當新婚賀禮。對我而言，那是你父親的遺物紀念品……」

「妳不能當作我花這筆錢買下那個茶碗嗎？」

「我沒辦法。不管我再怎麼落魄，也不會把你父親送我的東西拿來賣你。這件事我先前也說過了吧。而且你拿去賣給茶具店不是嗎？如果你堅持我要收下這筆錢，我就去茶具店把它買回來。」

菊治心想，不該老實在信裡說是賣去茶具店的錢。

「唉，進來坐吧……。是我橫濱的父親和妹妹來了，應該沒關係吧。」雪子沉穩地說。

「妳父親……？哎呀，這樣啊。真是太巧了，請讓我見見他。」

千花子忽然沮喪地垂下雙肩，獨自點頭。